*Noi siamo dei Paracadutisti
ed i Paracadutisti
se non vincono; muoiono.
L'esempio della Folgore e dei Paracadutisti
del mondo intero sono là per confermarlo.*

Giuseppe Izzo
Comandante 2° Btg Par. Nembo 1944

Alla Brigata Folgore

giulio@credazzi.com
www.libro.it

Lo trovi su:
www.Amazon.it
Stampa - Kindle - eBook

cinque secondi al lancio

Par.Giulio Credazzi XV cp

Fregio realizzato dal Par. Michele Fiore XV cp

Prefazione

Una mattina mi sveglio, apro gli occhi con lo sguardo che si proietta verso la finestra che abitualmente lascio con gli scuretti aperti.

Temporeggio un momento crogiolandomi sotto le coperte, rifletto sulla Malattia di Parkinson (MdP) che mi ha colpito a 59 anni nel 2018, rendendomi di colpo più anziano di vent'anni, in pratica ho un corpo dall'aspetto giovanile (forse) con una performance da ottantenne, questo perché il cervello ha smesso di lavorare come si deve, però all'interno di questo corpo c'è una persona che si sente come se dovesse ancora cominciare, con la voglia di lasciare il segno, che si commuove vedendo un film d'amore, o riconoscendo la commozione negli occhi e nelle parole dei miei fratelli Parà, indipendentemente dal grado e dal rango quando ci incontriamo o ancora ripenso alla figura paterna, scomparsa cinquant'anni or sono, andando a stimolare lo stato d'animo cristallizzato nel 1973.

Di colpo percepisco che la mia vita, la mia storia, il mio ciclo vitale, volge al termine, sono molto più sensibile verso le altre persone colpite da patologie neurologiche degenerative come Alzheimer, la Sclerosi o la stessa MdP.

Rifletto inoltre sul fatto che, al netto della MdP gran parte del mio tempo è trascorso, ma ho ancora qualcosa da dire.

La difficoltà nel girarmi nel letto, mi ricorda quanto la MdP abbia imposto le sue regole all'esistenza. Nonostante il suggerimento di Archimede "datemi una leva e vi solleverò il mondo" mi abbia indotto ad aggiungere delle corde, che mi consentano di alzarmi e cambiare posizione, ogni volta alzarsi è un'impresa.

Ogni singola difficoltà va affrontata con calma e determinazione, cercando di elaborare la soluzione.

Sebbene ogni patologia sia molto invadente e monopolizzatrice di attenzione, comunque è importante che "malato non si trasformi nella patologia stessa". La vita continua, con ritmi diversi e obiettivi nuovi.

Con i fratelli carnali è possibile non frequentarsi per anni ma il rapporto non muta nel tempo, così accade con i fratelli paracadutisti, siano essi generali o semplici parà.

Attesa del segnale dal DL

Cinque secondi al lancio C130

Hercules C130

Faccio parte della specialità dei Paracadutisti, l'élite dell'Esercito Italiano, la punta delle dita unite come una paletta, ben serrate, fuori dall'aereo, dovesse incastrarsi un dito in fase d'uscita te lo giochi, le gambe sono piegate, il sedere tirato indietro, i polpastrelli sentono la forza del vento che vorrebbe staccare la mano dal metallo del portellone, il peso del corpo è sbilanciato verso l'interno della fusoliera del C130, una posizione provata e riprovata durante il corso palestra nella falsa carlinga e dalla torre con le carrucole.

Questo è un momento spartiacque della vita, ormai ci sarà solo un prima, e un dopo; questo momento.

Anche le persone saranno divise fra chi ha saltato e chi non lo ha fatto.

5 secondi al lancio

Lo sguardo è rivolto verso la pianura popolata da case, i campi ordinatamente coltivati, l'avvicinamento al terreno di lancio di Tassignano lungo l'autostrada Firenze-Pisa è annunciato da un brusco rallentamento dell'aereo, l'abitacolo è depressurizzato, il portellone viene aperto, l'aereo comincia ad ondeggiare anche in senso trasversale rispetto alla fusoliera, come se scivolasse su un cuscino d'aria.

Il cuore batte forte, i polmoni sono pieni d'aria il rumore è molto forte, quello dei motori si sovrappone a quello del vento del portellone aperto, la concentrazione e l'attenzione sono al massimo, non c'è alcun posto per la paura o l'esitazione, anzi, lo sguardo incrocia frequentemente la luce rossa e gli occhi del Direttore di Lancio (DL), i pensieri di morte o infortunio passeggiano nella mente solo quando sei lontano dall'azione, nelle notti in cui si stenta ad addormentarsi, non ora, con la furia del vento simile a una tempesta.

Gli occhi sembrano divorare le immagini, cercando di memorizzare l'attimo che fugge, intenso, indelebile, inconfondibile, condivisibile nella sua interezza solo con chi avendolo vissuto a sua volta, ne comprende le sfumature.

Ogni momento conia dentro il cuore una sensazione inedita, tutto è banalmente pieno di forza.

Mi rendo conto di essere immerso in una "normalità" sconosciuta, tutta da raccogliere e assimilare. Mi ripeto silenziosamente: "Paracadutista della Folgore!"

Un sogno che diventa realtà. Qualcosa che per tanti mesi, settimane, giorni, ha fatto capolino nei pensieri cercando d'immaginare questo momento, che ora si sta materializzando.

Ci siamo imbarcati nel C130 entrando dal portellone assiale posteriore, su due file, allineati e coperti, come si dice in gergo.

Il paracadute dorsale, un Cmp-55 senza fenditura, indossato a mo' di zaino e poi legato lungo la vita, il paracadute è stato ripiegato in caserma a Livorno dai ripiegatori. Non ho avuto occasione di ringraziarli, in definitiva la mia vita è nelle loro mani, nella serietà che mettono nel loro lavoro.

Imbarco Pisa S.Giusto Hercules C130

Si potrebbe fare un parallelismo con la famiglia, poiché allo stesso modo grazie a lei ci avventuriamo nella vita, usufruendo del suo lavoro, spesso prendendolo per scontato e raramente ringraziamo.

Sulle spalle, in alto, ci sono i ganci coperti da una fibbia per le funi del Paracadute, ci hanno spiegato che non vanno mai sganciate durante la caduta in caso di malfunzionamento. Solo in caso di vento forte dopo l'atterraggio, potrebbero essere sganciati, perché potremmo essere trascinati dal Paracadute come se fosse un cavallo imbizzarrito, nel caso non si afflosciasse dopo aver toccato terra e facesse effetto vela.

D'altronde a Paracadute aperto ci mettiamo poco più di un minuto a scendere, mentre a paracadute chiuso circa quindici secondi, non avremmo mai e poi mai il tempo di sganciare il dorsale, per aprire e fare emergenza col ventrale.

Quest'ultimo ha dei moschettoni sulla parte interna, che vanno agganciati agli anelli posti sul davanti dell'imbracatura del dorsale.

Un fumogeno segnala la direzione del vento ed è posto in corrispondenza della fogna, un canale pieno di un liquido molto simile alla pece anche nella consistenza, è il punto di riferimento per il pilota del grande aereo da trasporto, per seguire la direzione di lancio per i parà, in caso di mancanza di vento, se non si tocca niente ci si finisce dentro, il pilota è il comandante dell'aereo, è lui che accende la luce verde quando è il momento di saltare, lui assume la direzione giusta, in base alla direzione e velocità del vento a terra, segnalati dai fumogeni.

Siamo settantadue, usciremo dodici a passaggio, sei da una porta, sei dall'altra, sei passaggi a mille cento piedi da terra, circa trecento ottanta metri (ora la quota è maggiore di allora, circa 1300 piedi).

Solitamente primo alla porta c'è un ufficiale o un graduato, questo lancio di brevetto è quasi esclusivamente per ufficiali, quindi l'ordine sul "Manifesto di lancio" è stato casuale.

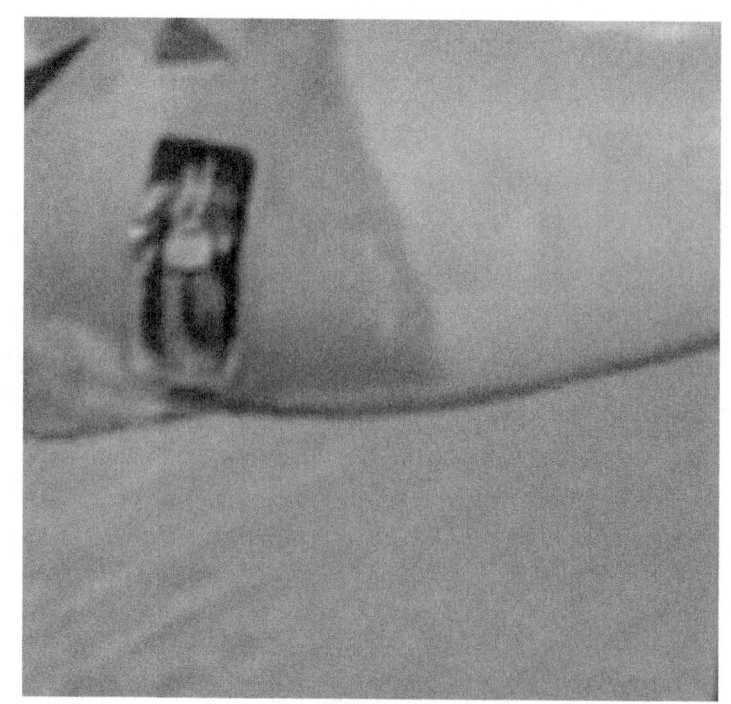

Alla porta

Fuori!

Aeroporto di Grosseto prima dell'imbarco

5 novembre

68083

È la mattina alla quale hai pensato ogni giorno da quando sei stato scelto per essere ufficiale della Brigata Paracadutisti Folgore.

Al mattino, la sveglia nella camerata è come di consueto, ma questo è un giorno speciale, si tratta del primo lancio di brevetto di Paracadutista dell'Esercito Italiano.

Pisa è avvolta da un'umidità ovattata, anche i rumori si propagano in maniera sorda.

Sveglia alle 6:30, all'esortazione: "Sveglia, sveglia, giù dalle brande!", colazione alle sette, adunata per alza bandiera alle otto, la musica dei Led Zeppelin "Stairway to Heaven" ci accompagna nella marcia di avvicinamento al piazzale ben inquadrati.

Dopo il rompete le righe, un salto in bagno, macchina fotografica in tasca per immortalare le varie fasi, una Olympus reflex piccolina, poi si sale sul cassone dei camion CM52, per arrivare all'aeroporto di San Giusto dove ci attendono i C130 Hercules sulla pista in un'area dedicata.

Abbiamo svolto tutto l'addestramento con la mimetica verde, ma questa mattina invece abbiamo quella classica maculata con gli stivaletti da lancio.

Quando arriviamo, i camion ci scaricano vicino alle piste di decollo, dobbiamo attendere l'ordine per imbarcarci dentro gli aerei che si trovano a brevissima distanza da noi, nel frattempo ci sediamo per terra uno dietro l'altro con le gambe divaricate in modo da poter occupare meno spazio, su due file, sulle spalle abbiamo il dorsale CMP55, con la fune di vincolo che ci gira sul collo, davanti abbiamo il paracadute di emergenza.

Attesa imbarco

Non abbiamo zainetto, né contenitori specifici, "A" per la mitragliatrice da campo e "C" per materiale vario di supporto, quelli si cominceranno ad adoperare dal terzo lancio in poi, la fune di vincolo quella che consentirà di aprire il paracadute in automatico, il gancio appoggiato sul petto, viene fino avanti, a portata di mano, per poterlo agganciare al cavo d'acciaio all'interno dell'aereo, che percorre tutta la fusoliera, si entra dal portellone posteriore e si prende posto uno accanto all'altro, con anche una fila centrale sui seggiolini, fatti con una rete a grandi maglie con una fettuccia piatta di nailon rossa.

Seduti in attesa di raggiungere la Zona di Lancio (ZL)

Anche seduti la fune di vincolo resta agganciata al cavo di acciaio.

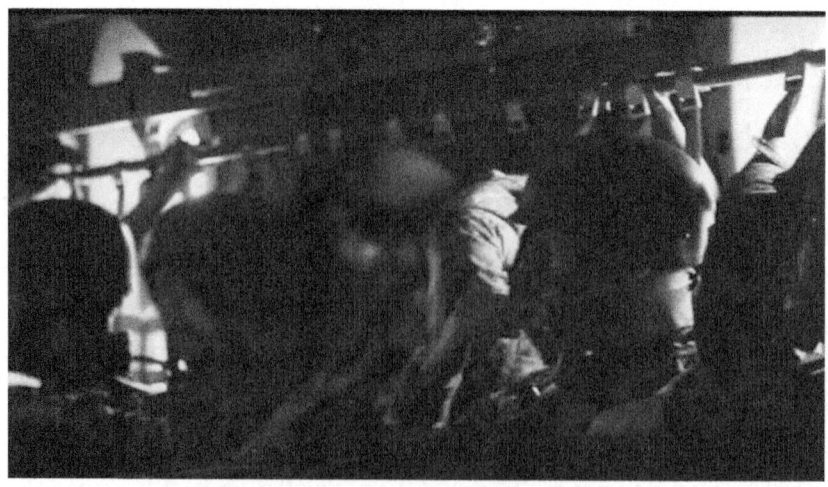

Fune di vincolo, agganciata

Il lancio avverrà dalle porte laterali che sono ancora chiuse, le luci sono spente.

Luce spenta in volo

È una situazione stranissima, di novità totale, sensazioni mai vissute prima, niente a che fare con le esperienze di volo avute in precedenza, nessun volo di linea assomiglia a un volo militare per Paracadutisti.

Per garantire la sicurezza a bordo si svolgono i controlli che assumono quasi le caratteristiche di un rituale.

Ci si rizza in piedi e si fa il controllo con chi si trova davanti a noi, l'ultimo si volta in modo che il penultimo lo controlli, l'abitacolo viene depressurizzato e viene aperto il portellone tirandolo su.

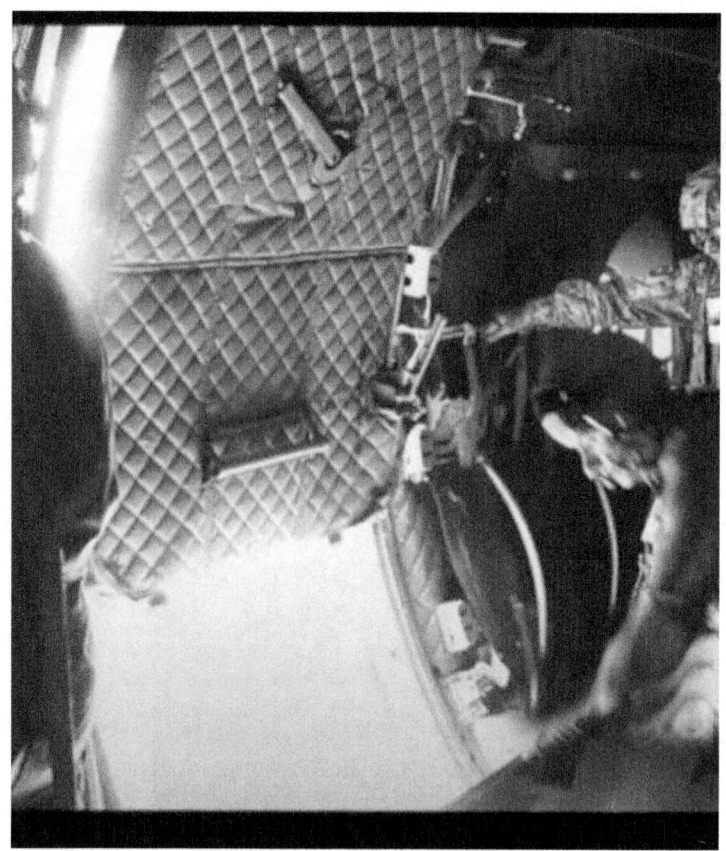
Apertura Portellone

Un rumore fragoroso irrompe nell'abitacolo bisogna, urlare per farsi sentire. Il "momento" è sempre più prossimo.

Il Direttore di Lancio (DL) è in comunicazione via radio con il Pilota che detta i tempi.

Una fune lo tiene in sicurezza vincolato alla fusoliera.

DL legato alla fusoliera

In questa foto le funi di vincolo sono agganciate al cavo d'acciaio che percorre l'intera fusoliera.

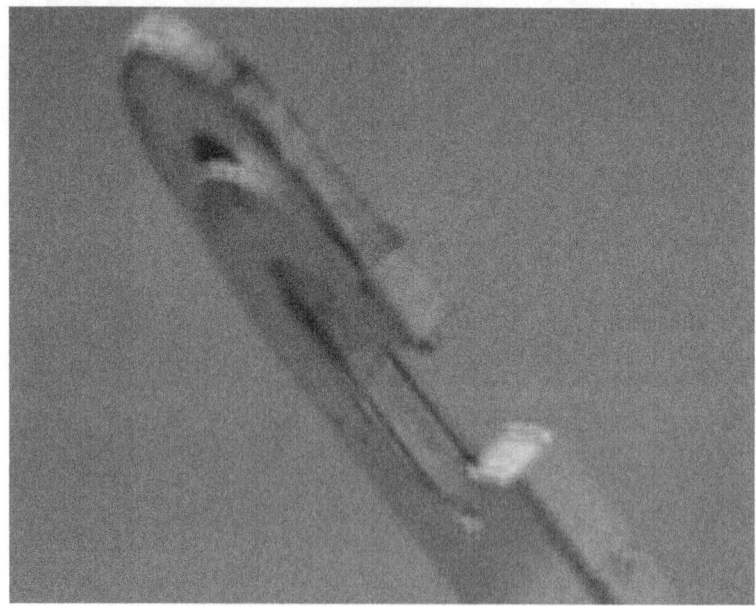

Questo è il gancio della fune di vincolo, che si aggancia al cavo d'acciaio e rimarrà a bordo.

Appena il Portellone viene aperto, la luce di segnalazione al Lancio è rossa, mentre a portellone chiuso è spenta.

Luce rossa si è fuori dalla ZL

La situazione è fragorosamente un turbinio di sensazioni, concentrazione, ennesima check list, verifica della posizione della fune di vincolo rispetto al collo, l'ultima cosa che uno vuole che accada è prendersi una frustata in uscita, o ancora peggio avere la corda come un cordone ombelicale attorno al collo in uscita.

In questo giocano un ruolo sia il DL, che il Paracadutista successivo, ci sono sempre più di un controllo.

Un minuto al Lancio, a un passo dall'uscita un braccio steso che afferra il battente del portellone, l'altra mano afferra la fune di vincolo per mantenersi in equilibrio, si balla parecchio, la velocità ridotta, rispetto a quella di crociera

In attesa dei "5 secondi all lancio"

Si procede settanta metri al secondo, che vuol dire quasi un chilometro di distanza fra il primo e l'ultimo paracadutista del passaggio.

Segnale: "in piedi!"

Ecco quella sensazione indelebile, viva oggi come allora, che fa salire il tasso di adrenalina, facendo sentire scattante ogni muscolo, nervo e articolazione del corpo, la mente è vigile al massimo dell'umana capacità, sapendo di avere una manciata di secondi prima di uscire dal guscio volante, osservando il suolo che sembra scorrere come un enorme tappeto mobile, offuscato dalle emissioni dei motori del kerosene bruciato.

Il Direttore di Lancio con il palmo della mano aperto indica i cinque secondi al Lancio.

Un passo avanti su invito del DL ruotando di novanta gradi avendo la punta di un piede e le punta delle dita di entrambe le mani fuori dell'aereo

5 secondi al lancio

... La punta delle dita unite come una paletta, ben serrate, pronte a dare la spinta. Meno di cinque secondi al lancio, interminabili secondi, sulla porta,

Alla porta!!

con l'adrenalina al massimo e le emozioni che divorano i rumori, il contesto, le sensazioni.

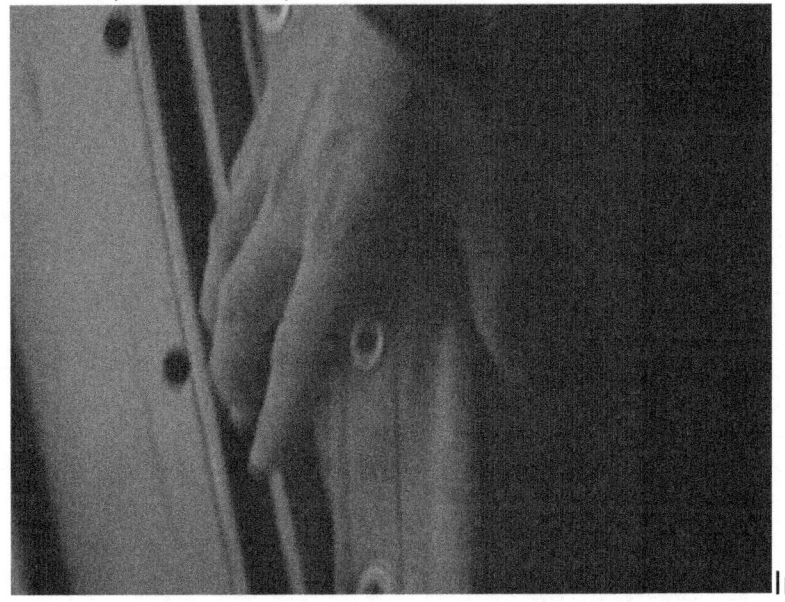

La mano posizionata prima dell'uscita

In questo frangente non c'è spazio per la paura, per l'indecisione, né per il dubbio o l'incertezza.

Si è in attesa del segnale per saltare fuori, si attende il passaggio della luce da rosso a verde, il cenno complice, compiacente, complice, del DL.

Così s'incide nel proprio carattere, nella propria dinamica d'azione, quella determinazione a fare il passo. A darsi una spinta verso il vuoto, ma non in maniera confusa, impulsiva e incosciente, ma a fronte di una preparazione, un'organizzazione efficiente, con mezzi adeguati, dove tutto è calcolato al millesimo, senza arrotondamenti pericolosi, imparando a prendersi la responsabilità per se stessi e per gli altri.

L'agognata luce verde, è simultanea alla pacca sulla spalla nell'unico spazio disponibile lasciato dall'imbracatura del paracadute con l'esortazione verbale a uscire.

Luce verde! Fiuori!

Il Pilota stesso attiva la luce verde, una semplice azione del dito, scatena l'azione di tanti uomini e tante emozioni, lasciando la prima volta un segno indelebile.

VIA! Si esce nel vuoto, la spinta verso fuori,. dritto per dritto, con tutta la forza,

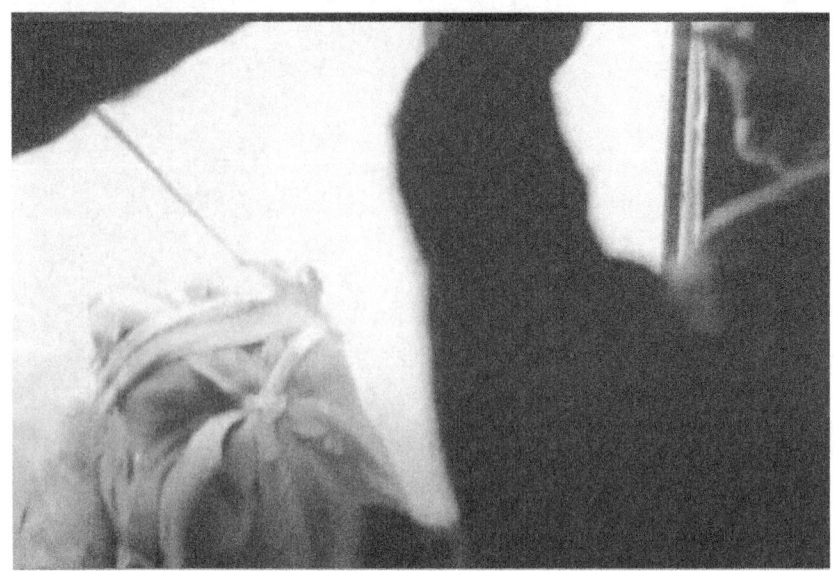

Uscita!

oltre l'alettone frangivento, che è uscito simultaneamente all'apertura del portellone.

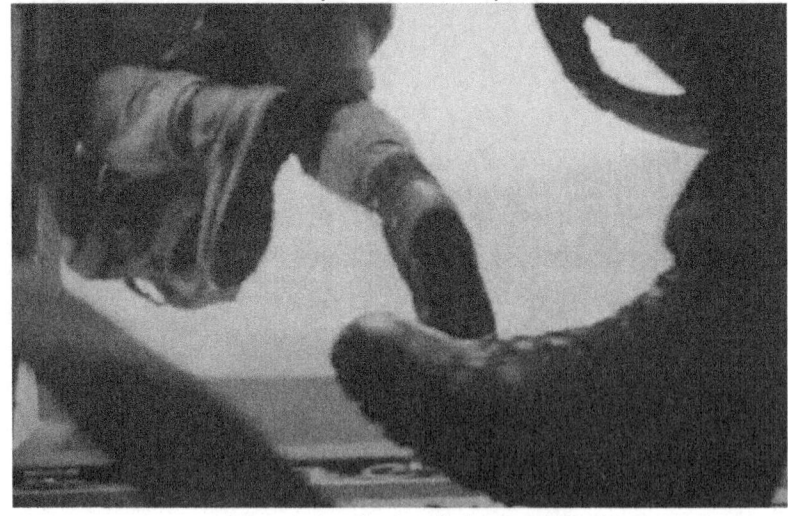

Fuori, la furia del vento!

Come un'enorme onda dell'oceano, l'aria vorticosa proveniente dalle eliche avvolge il corpo, come per farlo ruzzolare, il vigore del vento causa l'apertura del paracadute quasi in orizzontale.

Uscita da porta laterale

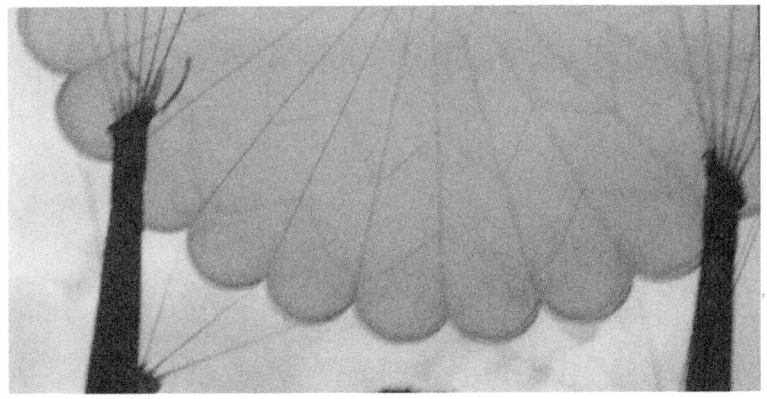

Il mio CMP55

C130

C130

Aviolancio da C130

Da milleuno a millecinque, il paracadute si deve essere aperto, uno e due, corrisponde alla rotazione che fa la testa a destra e sinistra verso l'alto per controllare che il paracadute si sia aperto correttamente e completamente. A bordo ci sono 72 Paracadutisti, ne vengono lanciati 12 alla volta, quindi 6 passaggi.

Uscire dal portellone dell'aereo in volo è un'esperienza unica, indescrivibile, da togliere il fiato.

In tutta la vita non c'è stato mai nulla che possa essere comparato a quella sensazione. Non si tratta di emozioni, quelle riguardano il prima e il dopo, hanno una componente riflessiva che mentre esci in volo da un aereo come il C130 non esiste, tanta è la violenza dell'aria, forte il rumore del vento che entra e dei potenti motori Rolls Royce.

La sensazione che si prova in uscita dalla fusoliera in volo resta vivida come marchiata a fuoco, differentemente dalle emozioni, che al contrario spesso sono ingannevoli, brevi e possono dare assuefazione. Le emozioni solitamente affiorano quando la mente è distante dalla realtà, quando i pensieri viaggiano nella mente senza ostacoli, magari appena sveglio, in coda a mensa, durante il trasferimento in camion o quando ti stai per addormentare. In quei frangenti compaiono come su una pellicola immagini che propongono un problema, un malfunzionamento, una difficoltà, in un "loop" dal quale non esci senza una distrazione, tipo accendere la radio, la TV, leggere un libro.

Plancia C130

La sensazione che si ha quando si è parte della Brigata Folgore è di essere in cima alla lista di chi viene chiamato in caso di necessità, sia in zone operative che in aree terremotate o interessate da esondazioni.

Infatti così è stato durante il servizio di prima nomina al V Battaglione.

A questo punto l'aereo vira per riprendere la traiettoria per il lancio del passaggio successivo.

Il DL si affaccia dal portellone per verificare che nessuno sia rimasto appeso alla fune di vincolo svolazzando e urtando contro la fusoliera.

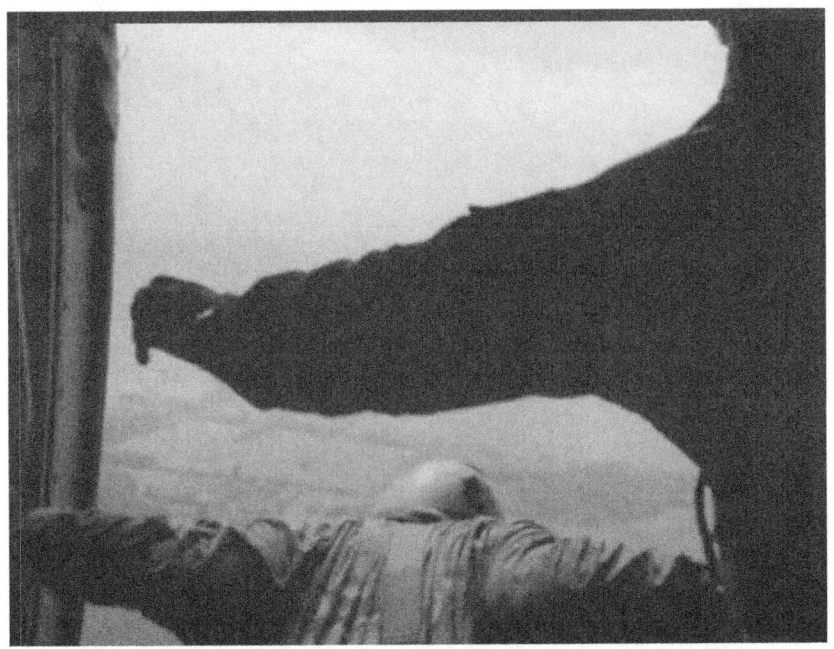

Il DL controlla che nessuno sia rimasto appeso

Una volta finito il controllo vengono recuperate e appartate le funi di vincolo dei Paracadutisti che sono stati lanciati in precedenza, in modo che non siano d'intralcio per il lavoro del DL e per l'uscita del passaggio successivo.

Sostanzialmente un selfie

Ma ecco che il paracadute si è aperto, il silenzio ci avvolge, esaltando la differenza con gl'istanti precedenti, una pace inconsueta accompagna il nostro volo, solo il rumore dell'aria ci accompagna.

Foto scatata a Tassignano con fogna al centro

Proviamo a calcolare dove stiamo andando, cercando sicuramente di evitare la fogna ben visibile e distinguibile, facile tra in assenza di vento.

Atterraggio a Tassignano

L'impatto col terreno è abbastanza violento, va ammortizzato rotolando, non bisogna assolutamente cercare di restare in piedi. Bisogna seguire la tecnica acquisita durante il corso palestra, secondo la presenza di vento può equivalere a scendere al volo da un motorino che sta viaggiando fra i 20 e 25kmh.

I muscoli irrigiditi, mentre le gambe vanno tenute leggermente piegate in modo da ammortizzare l'impatto che va assecondato ruzzolando. Una volta fermi bisogna raccogliere il paracadute infilarlo nella sacca, agganciare le maniglie ai moschettoni dell'emergenza, infilarlo a tracolla, avendo davanti l'emergenza e sulle spalle la sacca, questo agevola il poter imbracciare l'eventuale arma.

Ed ora di corsa verso il punto di raccolta. I Paracadutisti per definizione sono truppe aviotrasportate, destinate ad essere lanciate in territorio nemico, preventivamente bonificato, altrimenti si finisce per fare da bersaglio nel tiro al piccione. Ovviamente in territorio nemico, altrimenti si sarebbe potuto fare in treno, pullman, camion o auto.

Il salto col paracadute, pur essendo caratteristico, è solo una componente dell'addestramento e delle capacità che fanno dei paracadutisti un reparto d'élite, annoverato fra le forze speciali da combattimento.

99° Corso AUC, foto di gruppo dopo il primo lancio in attesa dell'arrivo dei camion per il rientro alla SMIPAR.

Dedicato ai caduti al lancio

Non saresti dovuta arrivare oggi
Mi hai colpito come una rondine urta le pareti della gabbia.
La mascella squadrata, lo sguardo deciso, non sono più.
Lui mi ha tradito.
La salvezza non si è presentata
Le gocce salate non fermano il soffio che sale e si dissolve.
Il tamburo si è fermato
Il sentiero dissolto
L'acqua è scomparsa.

Paracadutista Militare

Una trazione delle braccia, una spinta in avanti, un potente soffio d'aria sul viso, l'impressione, una frazione di secondo, di penetrare in una galleria del vento, uno shock che ti raddrizza, qualche oscillazione e poi scivolare lentamente rispetto alla furia appena passata la terra si avvicina e ti si allarga il cuore e ti faccio scoppiare il petto bisogna aver conosciuto questo per poterlo comprendere è questo che fa di un uomo un paracadutista che non è più fatto come gli altri.

Durante qualche secondo nel salto per attraversare il cielo e la discesa verso terra cosa importano i gradi e le stellette? Quello che conta è quella manciata di metri quadrati di tessuto al quale abbiamo affidato tutto quanto.

È il denominatore comune tra gli uomini, che siano bianchi, gialli o neri, che appartengano a nazioni differenti, che difendano ideali diversi, il paracadute ne è diventato simbolo.

Questo essere attratti dall'ignoto del rischio dall'assoluto, il gusto dell'impossibile, li ho trovati tutti sotto tutti i cieli, è una grande fratellanza, annodandosi oltre le frontiere, oltre i combattimenti, rendendo tutti i paracadutisti del mondo come se fossero legati da liane invisibili, una grande comunità umana.

Un buon soldato si distingue da quello qualunque sostanzialmente attraverso la valutazione di due aspetti: l'addestramento e la motivazione.

Come può diventare un buon elemento, un comune cittadino, immerso improvvisamente in un sistema nuovo, diverso; quello militare? Nel quale il nuovo arrivato si vergogna perché non conosce nulla del sistema, non conosce i termini tecnici, né i nomi dei dispositivi, delle armi e dei mezzi. La risposta sta nell'essere umili, disposti ad imparare ingegnandosi ad acquisire più informazioni nel minor tempo possibile, disposti a far tesoro dell'esperienza quotidiana, sapendo che tutto ciò che avviene e ci viene insegnato mira ad insegnarci qualcosa che deve salvarci la vita e possibilmente permetterci di salvarne delle altre.

Ciò che distingue i Paracadutisti dagli altri reparti è la preparazione, le unità aviotrasportate sono costantemente sottoposte ad addestramento, sia attraverso la competizione sportiva che nell'utilizzo e la gestione delle armi, dividendo i militari in gruppi, stimolando le capacità tecniche, nonché attraverso le esercitazioni in caserma e campali in ogni tipo di territorio e condizione atmosferica, nonché climatica.

Solo attraverso un pressante e costante allenamento un normale ragazzo italiano si trasforma in un Parà della Folgore. L'indole mite e sostanzialmente pacifica degli Italiani, istruita a dovere sul ruolo che si è chiamati a svolgere, immersa in un addestramento costante, regolare, senza eccessi, rende il militare Italiano, il soldato più affidabile ed equilibrato, che difficilmente sparerà uccidendo degli alleati al rientro da una missione di recupero di un ostaggio o troverà piacere nell'infierire sui nemici fatti prigionieri, oppure, altrettanto difficilmente costringerà i propri commilitoni più giovani ad umilianti, prolungate e stupide prove di coraggio ai limiti dell'umana decenza.

Questi ultimi atteggiamenti, anche se in passato sono stati presenti nel nostro esercito, comunque quando si manifestano o si sono manifestati, sono il frutto di individualismi e non il sintomo di un sistema, sono il frutto di un'immaturità di pochi, riguardo al ruolo importante che un soldato è chiamato a svolgere. A mio parere l'abolizione della leva ha tolto un'opportunità di crescita ai giovani Italiani, in un momento in cui le nuove generazioni appaiono sempre più ubriacate dalla tecnologia e dalla voglia di sballo, riducendo la capacità di comprendere la realtà dell'esistenza umana.

Nella vita, prima o poi, tutti devono fare i conti con la solitudine, rapportandosi con gli altri in funzione di ciò che si è in grado di dare, piuttosto che vivere con la pretesa di ricevere qualcosa, prendendo tutto per scontato. Come se tutto fosse dovuto, oppure confrontarsi con la morte, forse la componente più importante dell'esistenza umana, credo che quanto prima questo avvenga, quanto più profondo questo confronto sia, tanto più grande sarà l'apprezzamento per quel grande dono di cui tante volte usufruiamo inconsapevolmente: la nostra vita.

La grande superficialità riguardo all'essenza della vita, che caratterizza sempre più le generazioni, sta portando ad un appiattimento dei valori, alla crescita delle paranoie, c'è un aumento della paura di perdere i beni acquisiti. La competizione basata sui beni materiali, la dipendenza dal giudizio altrui, sta generando milioni di persone instabili, insicure, paurose, per questo pericolose, per se stesse e gli altri.

L'ambizione, basata sull'apparenza, sta svuotando i rapporti interpersonali, allontanando dalla concretezza e dalla sostanza delle cose.

Questa situazione non fa altro che aumentare la conflittualità sociale, la violenza come strumento per sanare i disaccordi, l'insoddisfazione e l'insofferenza, diffondendo in modo esponenziale "il male oscuro": la depressione.

Il servizio militare non è l'unica cura per ridimensionare le aspettative dei giovani, i quali serviti e riveriti a casa propria, al contrario in caserma, per un breve periodo, sono costretti a mangiare polvere, andare al bagno senza ombra di privacy, lavarsi in pieno inverno con acqua ghiacciata, comunque la leva contribuisce ad insegnare ad apprezzare molte delle cose che abitualmente si disprezzano o ignorano dandole per scontate.

Il servizio di prima nomina come ufficiale di complemento svolto presso il 5° Btg Paracadutisti "El Alamein" della Brigata Folgore all'inizio degli anni '80, mi ha permesso di riflettere a fondo sulla vita e sulla morte, in età molto giovane, dotandomi degli strumenti necessari ad affrontare le avversità della vita con determinazione, pur sbagliando molto, comunque con semplicità e schiettezza, un percorso che si è completato a 27 anni quando ho compreso ed accettato pienamente la fede Cristiana. Un evento che mi ha permesso d'inserire la morte esattamente nel contesto esistenziale che le appartiene.

Ho il privilegio di poter narrare cose che altri non possono più raccontare perché sono morti, ragazzi e compagni dei quali ho fissato lo sguardo pochi attimi prima che Dio richiamasse il loro spirito.

A più riprese in questo libro l'essenza dell'animo umano si confronta con la vita e con la morte, con semplicità, con forza, con normalità. Se qualcuno è insoddisfatto, impaurito, scoraggiato nel suo vivere quotidiano, turbato da quanto sente che accade nel mondo, fra queste pagine potrà trovare molti spunti di riflessione e molti motivi per acquistare una nuova carica positiva che in un mondo carico di sentimenti negativi ed ipocriti è impossibile trovare.

Bisogna prendere atto della realtà della morte, cosa che per una persona umana è cosa grave, che ricopre un ruolo importante, ma sostanzialmente è drammaticamente normale. Affrontarla, conoscerla, analizzarla, penetrarla, lasciandone agire l'odore fino alle profondità più oscure del proprio intimo, aiuta a comprendere la vita, induce alla riflessione, agevola la conduzione di un'esistenza con meno pretese, riducendo le illusioni e le vane aspettative, che in caso di fallimento provocano la depressione, imparando a non prendere nulla per scontato, nella consapevolezza che "senza lotta non c'è vittoria", cercando di tener presente il fatto che "quando hai tutto forse hai tutto da perdere", come dice una canzone in inglese.

Ricordo luoghi come la Bosnia, a pochi chilometri da noi, che ci hanno fatto capire che, fra il passare una serata tranquilla sul divano di casa e l'avere 5 minuti d'orologio per abbandonare la propria abitazione circondata da esaltati che presto la bruceranno, il passo è breve, vent'anni prima chi fra i nostri vicini Jugoslavi avrebbe detto che sarebbe finito in una fossa comune ucciso dal vicino di casa?

La consapevolezza di saper comprendere la realtà umana genera una forza vera, difficilmente soverchiabile, poter inquadrare questa risorsa in un contesto positivo, permette sicuramente, quantomeno, di vivere meglio e probabilmente più a lungo, imparando a godere e rallegrarsi delle cose umili e semplici.

La nostra mente spesso è annebbiata da valori vaghi, acquisiti per sentito dire, sovente qualcosa acquista valore solo perché non lo possediamo. I media ed i centri di potere economico creano le mode ed i bisogni, nascosti ad una prima analisi superficiale, ma sicuramente con metodi discutibili se questi sono approfonditi, scavano nei sentimenti umani, creando o scoprendo dei bisogni che fingono di poter soddisfare ma di fatto generano un appiattimento delle personalità, i simboli di ciò che è reputato buono, in ultima analisi nei fatti si rivelano inutili se rapportati all'essenza dell'esistenza umana, sulla quale vale la pena di riflettere almeno una volta al giorno, se si vuole mantenere un valido contatto con la verità.

Molti giovani si rammaricano se non hanno un certo paio di scarpe o una certa maglia, sono schiavi delle apparenze, del giudizio altrui e di ciò a cui sottomettono la libertà, soffrono se non sono famosi e la frustrazione aumenta nel considerare la ricchezza di beni altrui, anche se procurata illecitamente.

Ormai i principi morali sono subordinati all'acquisizione di beni materiali ed alla vanità della fama e del senso di potere.

Difficilmente l'istinto delle persone immerse nei meccanismi di questa società, spinge a riflettere sulla verità, la lealtà, sull'onore e la fedeltà. Siamo inondati da informazioni, spesso contraddittorie, che si accumulano, generando confusione ed un senso d'insicurezza. La coltivazione dell'apparenza sembra essere l'unica attività che dia remunerazione, così matura una società che corre per raggiungere una carota appesa ad un legno fissato sulla propria testa, ignara ed ignorante riguardo ai bisogni dei più deboli, che un giorno dovrà fare i conti con questa enorme contraddizione e la seconda guerra mondiale a confronto apparirà come una passeggiata.

I giovani occidentali crescono ricercando lo sballo, allontanando la frustrazione per non essere un calciatore famoso, una velina o un protagonista dell'isola dei famosi o del grande fratello, normalizzando l'uso dell'alcool e della droga, disprezzando chi ne rifiuta l'uso. In questo contesto non ci si rende conto che in Oriente migliaia di giovani plagiati nelle scuole degli integralisti Islamici crescono con la speranza di farsi esplodere uccidendo più infedeli occidentali possibile, cercando di sovvertire gli stati moderati dell'area islamica dall'interno, stati che vent'anni fa mettevano in guardia sul fenomeno dell'integralismo e noi occidentali, nella nostra stupidità densa di perbenismo e falsa carità, criticavamo come antidemocratici aprendo le braccia agli integralisti, ai violenti e sanguinari, all'insegna di una tolleranza che è paragonabile al medico che ignora il cancro del paziente per non fargli dispiacere.

Pochi fanno un bilancio considerando che dai tempi della guerra del Vietnam ad oggi, quelli che parlano e si mobilitano per la pace aumentano, le parole e le manifestazioni inutili sulla pace anche, ma nel frattempo le guerre e le aree d'instabilità si moltiplicano in modo esponenziale.

Il risultato naturale dell'aumento della popolazione in queste condizioni è una costante crescita delle contraddizioni e della conflittualità ad ogni livello, l'accusa per questa situazione è rivolta ad un occidente che agli occhi di chi soffre nel mondo appare ricco, opulento, avido di guadagni, insensibile, che monopolizza tutto, dall'acqua, alle fonti di energia, alle sementi, alla finanza, per cui, come in un mega sistema di stampo mafioso, o fai parte della gang o sei fuori dalla spartizione della torta.

Non credo che questo processo sia reversibile, perché la forza che lo sostiene è più forte di quella che potrebbe sovvertirlo, è possibile però intervenire a livello individuale, prendendo coscienza della realtà, nella consapevolezza che la vera libertà è una condizione mentale, indipendente dalle circostanze, questo libro vorrebbe condividere questo sentimento con il lettore.

I libri scritti sui Paracadutisti, specialmente da autori stranieri, contengono raramente riferimenti ai Paracadutisti Italiani, questo perché il filo conduttore di questi libri è il racconto di lanci tattici in zone di guerra, mentre i Parà Italiani sono stati utilizzati in guerra per lo più come fanteria, senza l'impiego di lanci oltre le linee nemiche, ma la Folgore è passata alla storia per il suo valore ed il suo coraggio per come ha combattuto ad El Alamein, forse l'unico momento in cui l'Esercito Italiano ha visto riconosciuto un indubbio valore sia da parte degli alleati, i Tedeschi, che dai nostri nemici di allora, gli Anglo Americani, tanto che il Generale Alexander ha affermato:

"Folgore: sinonimo di eroismo".

In quattromila, perlopiù Parà della Folgore hanno tenuto testa e talvolta contrattaccato su un fronte di quindici chilometri, ad una forza che contava oltre quindicimila uomini, appoggiata da mille cannoni, trecento mezzi corazzati ed ottocento aerei, operanti su tutti i sessanta chilometri di fronte bellico, difesi oltre che dalla Folgore, dalla Panzerarmee Afrika di Rommel.

Nel sacrario di El Alamein sta scritto:

"Fra le sabbie non più deserte, son qui di presidio per l'eternità i ragazzi della Folgore; fior fiore di un popolo e di un esercito in armi. Caduti per un'idea, senza rimpianti, onorati nel ricordo dallo stesso nemico, essi additano agli Italiani, nella buona e nella avversa fortuna, il cammino dell'onore e della gloria. Viandante arrestati e riverisci. Dio degli eserciti, accogli gli spiriti di questi ragazzi, in quell'angolo di cielo che riserbi ai martiri ed agli eroi."

I ragazzi che hanno scritto col loro sangue le pagine della nostra storia sapevano quanto stavano facendo? Mentre scavavano nel deserto i ripari per resistere all'attacco nemico, mentre attendevano l'ordine di contrattaccare o semplicemente di resistere, mentre per interminabili ore i cannoni nemici martellavano le loro linee, sapevano che un giorno sarebbero stati chiamati eroi?

....

Pensieri a Quota 33

....

La sentinella siede silenziosa in quell'avamposto della base nel deserto lontano da casa, il cielo sembra ancora più profondo dell'infinito, il silenzio sembra avere una personalità propria, i pensieri cercano di consolare la solitudine richiamando le cose familiari di casa, le cose banali, come il tavolo di legno in cucina, la stanza da letto, gli amici, le passeggiate della domenica, piene di tranquillità e di pace fra le vie silenziose della campagna. Nel profondo della notte che avvolge il deserto s'insinua, sommessamente, una sottile angoscia che sembra fornire conforto alla consapevolezza di non poter cambiare le circostanze, di essere parte di un meccanismo troppo più grande delle proprie possibilità e capacità, eppure è in quella banale normalità di compiere il proprio dovere di sentinella che si sta scrivendo una delle pagine più eroiche che la storia ricordi.

L'eroe non sa di esserlo mentre compie ciò che rivelerà la sua nobile essenza, fa ciò che fa perché è giusto così, perché è coerente con ciò in cui crede. L'eroismo su questa terra è drammaticamente normale, poiché per gli eroi, ciò che essi hanno fatto rientrava in una perfetta situazione di normalità, che ha visto evolvere le circostanze in modo tale da trasformare delle semplici persone, in eroi.

Ma alla base dei sentimenti che hanno motivato i giovani Italiani che non sono tornati da El Alamein ed hanno scritto col loro sangue una pagina memorabile, che oltre cinquant' anni dopo ancora muove le emozioni di chi riflette sulle loro gesta, stanno dei fondamenti che la società attuale sta sgretolando, disprezzando la lealtà, la fedeltà, l'onore, la buona reputazione, l'amor di patria, ridicolizzando i buoni sentimenti, lasciando spazio ai valori falsi ed esaltando qualità che non ci appartengono e che niente hanno a che fare con l'insegnamento Cristiano.

L'uomo che non sa imparare dalla storia, che non fa tesoro dell'esperienza altrui, che non si abitua a riflettere, che procede seguendo ed elaborando solo il sentito dire, vivrà una vita devastata dall'instabilità e dall'insicurezza procurando gravi danni a se stesso ed agli altri. Questo libro parla di Paracadutisti, ma è anche un invito a riflettere su quelle qualità che fanno vivere veramente ma che il mondo giorno dopo giorno soffoca sotto il peso dell'amore per il denaro, la corruzione, la vanità e la bramosia del potere.

L'umanità si comporta come se vivesse in eterno, non c'è l'abitudine alla riflessione sul tempo che passa in modo efficace, tutti gli sforzi sono protesi ad accumulare beni, prestigio, la beffa è che per ottenerli ci vuole una vita ed una volta ottenuti bisogna morire.

Proviamo invece ad entrare nei panni di uno di quei ragazzi che oggi riposa nel deserto a Quota 33 di El Alamein, del quale oggi rimane un nome scritto nel sacrario, proviamo ad immaginare il suo sorriso, i suoi sentimenti e desideri, le sue paure nelle ricognizioni nei campi minati per scovare le mine nemiche ed aprire così un varco per il contrattacco, oppure l'angoscia sotto i colpi di cannone avversari che per ore martellano le proprie posizioni.

Se leggiamo queste righe significa che la vita ci ha riservato una sorte migliore che morire disidratati per la dissenteria, debilitati, senza munizioni nel deserto a 20 anni.

Questo può essere sufficiente a farci apprezzare ciò che abbiamo già, che capiremmo solo se ci venisse tolto.

Paracadutisti si nasce
la risposta di
Santo Pelliccia è secca e immediata e
arriva dopo averci indicato il
comandante
Giovanni Bechi Luserna,
Medaglia d'Oro al Valor Militare

Intervista di Francesca Cannataro e la fotoreporter Valentina Cosco a Santo Pelliccia reduce di El Alamein
Rivista Militare n.3 2013

Basco Rosso

Rosso o verde, nero o kaki, ancora dopo trent'anni , il berretto rimane il simbolo dei paracadutisti.

Per essi significa accettare fatiche e rischi, per un profano cambiare pelle o mentalità.

Il berretto si merita, così come la "Legion d'Onore".

Ovunque è così. Ricompensati col berretto rosso per l'eroismo dimostrato in Libia e Cirenaica, gli Inglesi non consentirono ai paracadutisti francesi inquadrati nelle SAS, di portarlo se non dopo il successo della campagna di Francia, nel Novembre 1944.

Berretto Rosso, si, ma con il nastro nero che i paracadutisti avevano attaccato, in segno di lutto, dopo la disfatta di Arnhem.

Nel mettersi il berretto, il paracadutista assume l'eredità degli anziani: gloria o morte.

E' questa una delle caratteristiche dello spirito dei Parà.

Erwan Bergot 1970

*I Paracadutisti
si addestrano con entusiasmo
per fare quello
per cui sono nati*

(quot.)

Amicizia

I Paracadutisti costituiscono una delle specialità di punta dell'Arma di Fanteria.

Le Aviotruppe sono concentrate in Toscana con otto reparti, uno nel Lazio e uno nel Veneto.

Sono passati tanti anni da quando ero in servizio ed alcuni colleghi hanno prestato servizio fino a qualche anno fa ed ora sono in pensione, altri hanno preso altre strade, ma ciò che ho potuto constatare è che il legame stabilito allora è rimasto.

Molto probabilmente molti di noi in questo momento hanno tutti e tre i tipi di amicizia descritti da Aristotele:
- Persone che vogliono qualcosa da noi.
- Amici che ci cercano solo per condividere momenti di divertimento.
- Persone eccezionali che restano anche durante bufere e tempeste.

Il terzo tipo di amici è quello che non cambieremmo per nulla al mondo, che rendono questa vita un viaggio più rilassato e interessante e ricco, che è quello che ho sperimentato al corso Allievi Ufficiali dell'Esercito e nella Brigata Folgore e sono ancora li.

Farete i lanci e crederete
di essere
Paracadutisti,
non è così.
Voi sarete
Paracadutisti
quando formerete un gruppo unico,
quando tutti insieme avrete creato un pugno;
Ufficiali, Sottufficiali e Parà.

Par. Santo Pelliccia, reduce di El Alamein .

Paracadutisti Italiani

La storia del paracadutismo militare Italiano inizia nel marzo 1938 quando il 1° battaglione di fanteria dell'aria fu formato da 300 volontari Libici aventi quadri Italiani, nel 1939 il battaglione diventava un reggimento, quando veniva costituito un secondo battaglione.

La prima scuola di addestramento per paracadutisti fu costituita nel 1938 a Castel Benito in Libia, quindi una seconda scuola fu costituita il 15/10/39 a Tarquinia.

Nel 1940 venne costituito un battaglione in Libia di Paracadutisti Italiani ed in Italia il 1° battaglione Carabinieri Paracadutisti ed il 2° battaglione Paracadutisti dell'esercito, entrambi addestrati a Tarquinia.

Nel 1941 furono costituiti il 3°, 4°, 5° e 6° battaglione Paracadutisti, insieme al battaglione Paracadutisti del Reggimento San Marco della Marina, con uomini rana paracadutisti addestrati per azioni di commando.

Nell'Aprile 1941 ci fu la prima operazione italiana con impiego di truppe paracadutiste con la 5a compagnia del 2° Btg Paracadutisti paracadutata su Cefalonia in Grecia.

Dal 1942 furono costituiti il 7°, 8°, 9°, 10°, 11° Btg paracadutisti, il 1°, 2°, 3° gruppo Artiglieria Paracadutisti, e l'ottavo Btg Paracadutisti Anticarro, quindi fu costituito il 1° Btg Assaltatori dell'Aeronautica e due compagnie del X corpo d'armata Reggimento Arditi.

Nel 1941 furono costituiti per organizzare i numerosi battaglioni il 1° ed il 2° Reggimento Paracadutisti, all'inizio del 1942 il 3° Reggimento ed il Reggimento Artiglieria.

Sempre nel 1942 fu costituita la 185^ Divisione "Folgore" che comprendeva il 186° Reggimento Paracadutisti (ex 2° Rgt) con il 5°, 6° e 7° Btg, il 187° Rgt Paracadutisti (ex 3° Rgt) con il 2°, 4°, 9° e 10° Btg ed il 185° Rgt Artiglieria Paracadutisti con il 1°, 2° e 3° Gruppo Artiglieria.

Al tempo stesso la Divisione Fanteria "La Spezia" divenne aviotrasportata e venne posta sotto il comando del 185° Rgt Paracadutisti (ex 1° Rgt) con il 3°, 8° e 11° Btg Paracadutisti.

Fino all'armistizio del 1943, dall'inizio dell'anno furono costituiti il 12°, 13°, 14°, 15°, 16°, 17°, 18°, 19° e 20° Btg Paracadutisti, quattro unità di artiglieria paracadutisti, un battaglione d'assaltatori dell'Aeronautica e due compagnie del Reggimento Arditi del X Corpo d'Armata, come anche fu costituita la 184^ divisione Paracadutisti "Nembo" al comando del 183° Reggimento Paracadutisti con il 2°, 10°, 15° e 16° Battaglione, il 184° Reggimento Paracadutisti con il 12°, 13° e 14° Battaglione, il 185° Reggimento trasferito da La Spezia ed il 184° Reggimento Artiglieria Paracadutisti.

Verso la metà del 1943 la Divisione Paracadutisti "Ciclone" cominciò a formare il suo nucleo con il 17°, 18°, 19° e 20° battaglione paracadutisti, il completamento della Divisione fu impedito dall'Armistizio dell'otto Settembre.

La Divisione "Folgore" ed il Reggimento della Marina "San Marco" nell'Agosto 1942 insieme ai paracadutisti tedeschi, dovevano partecipare all'attacco di Malta, che però fu annullato.

La Folgore fu inviata nel Nord Africa, dove combatté valorosamente restando decimata ad El Alamein nel Settembre del 1942, anche il battaglione Libico fu annientato nei combattimenti.

In seguito allo sbarco in Marocco ed Algeria degli Alleati venne costituito il 288° Battaglione Indipendente Paracadutisti ed inviato in Tunisia per raggiungere i Paracadutisti tedeschi, mentre nella stessa area ci fu un attacco a Bonina nel Gennaio 1943 da parte del X Reggimento Arditi, proseguendo con numerose operazioni di attacco oltre le linee nemiche alle vie di comunicazione e basi aeree.

Nel Giugno si unirono le unità dell'Aeronautica ADRA (Arditi Distruttori Regia Aeronautica) per un attacco che coinvolse quattordici gruppi che attaccarono le basi alleate a Cipro ed in Algeria.

Entrambe le unità eseguirono delle missioni in Sicilia dopo che gli alleati furono sbarcati, gl'Incursori Paracadutisti della Marina attaccarono Capo San Croce in Luglio.

A seguito dell'Armistizio dell'otto Settembre 1943 ci furono due gruppi separati di Paracadutisti, nel Sud con gli Alleati, al Nord con i Tedeschi, la situazione era resa confusa dal fatto che tutti si fregiavano dei nomi precedenti: "Folgore", "Nembo" e "San Marco".

Nel Nord Italia occupata dai Tedeschi, l'Aeronautica costituì un nuovo Btg d'assalto Paracadutisti, che combatté come fanteria contro lo sbarco di Anzio, l'Esercito costituì due unità paracadutiste: la Nembo che combatté ad Anzio e la

Folgore utilizzata come fanteria contro le azioni di guerriglia.

La Marina costituì la 10^ flottiglia di pattugliamento veloce che si espanse diventando un'armata dentro l'armata che incluse il Btg d'Incursori Paracadutisti "San Marco" che vennero utilizzati sul fronte del Senio, gran parte dell'addestramento venne svolto presso le scuole di paracadutismo tedesche.

Nel Sud Italia con l'esercito di liberazione esisteva il Rgt San Marco ed il corpo d'armata Nembo, sebbene molti dei suoi componenti provenissero dai reparti paracadutisti, combatterono sostanzialmente come fanteria tradizionale.

Le uniche due unità autenticamente paracadutiste erano il 185° commando paracadutisti Nembo e lo squadrone di ricognizione Folgore, che dipendevano dal XIII corpo d'armata Britannico.

L'ultima operazione militare paracadutista Italiana è stata l'operazione "Herring" nell'Aprile 1945 a cui parteciparono 250 uomini per colpire le retrovie nemiche presso Ravarino.

I primi lanci successivi alla guerra furono effettuati nel 1946 in forma ufficiosa da incursori paracadutisti della Marina.

Il 18 gennaio 1947 veniva realizzato un centro addestramento Paracadutisti a Roma che venne spostato nel 1949 a Viterbo per poi divenire il Centro Paracadutisti Militare (CPM) e nel 1958 venne ancora spostato a Pisa.

La prima unità ad essere formata dopo la guerra fu, nel 1948, il Btg Paracadutisti della fanteria.

Quindi nel 1951 venne costituito il 1° gruppo tattico paracadutisti, nel 1952 il plotone paracadutisti della brigata alpina, nel 1954 il Btg Paracadutisti Carabinieri, nel 1955 il Btg Sabotatori paracadutisti e nel 1959 una batteria Artiglieria.

Il primo Reggimento Paracadutisti venne costituito nel 1962 e l'anno successivo una Brigata Paracadutisti con un gruppo d'incursori della Marina ed il GAO (Gruppo Acquisizione Obiettivo).

La Brigata Paracadutisti Folgore venne costituita nel 1967 con il 1° Btg Carabinieri "Tuscania" Il 1° Reggimento Carabinieri Paracadutisti "Tuscania" dipende dalla 2ª Brigata Mobile ed ha un organico di circa 500 uomini nei vari gradi. Il Reparto, che fino al 15 marzo 2002 era alle dipendenze della Brigata Paracadutisti "Folgore", il 2° Btg Paracadutisti "Tarquinia", il 3° Btg Paracadutisti "Poggio Rusco", il 5° Btg Paracadutisti "El Alamein", il 9° Btg Sabotatori Paracadutisti "Col Moschin" ora Il reggimento opera alle dipendenze del Comando delle Forze Speciali dell'Esercito (COMFOSE), il 185° gruppo artiglieria Paracadutisti "Viterbo", la 4a Compagnia Alpini Paracadutisti e la SMIPAR "Scuola Militare Paracadutisti" di Pisa ora denominata CAPAR "Centro Addestramento Paracadutisti".

Unità Militari

Unità	Numero di soldati	Grado del comandante
Gruppo di fuoco	02-mag	Caporale
Squadra	ott-15	Caporal maggiore
Carro	1 carro	Sergente
Pezzo	1 pezzo	
Plotone	30-50	Maresciallo
Plotone carri	4 carri	Sottotenente
Sezione	2 o più pezzi	Tenente
Compagnia	100-250	Tenente
Squadrone	10-20 carri	Capitano
Batteria	variabile	
Battaglione	500-1.000	Maggiore
Gruppo		Tenente colonnello
Reggimento	1.500-3.000	Colonnello
Brigata	4.000-6.000	Generale di brigata
Divisione	10.000 30.000	Generale di divisione
Corpo d'armata	40.000 80.000	Generale di corpo d'armata
Armata	100.000 300.000	Generale d'armata
Gruppo d'armate	2 o più Armate	Generale o superiore
Fronte/Teatro	2 o più Gruppi d'Armate	Generale dell'esercito

Un Lancio

Aprile 1981

Sveglia!.... In piedi ! ...giù dalla branda !

Ma che cazzo se strilla 'sto caporale ! basta ho capito...è buio pesto, ma che ore sono?... Le quattro!

Non ho mai capito perché ci fanno svegliare di notte, per fare un aviolancio che forse decollerà, bene che vada, alle 10,00 della mattina. Mha, se gli piace così...me lo faccio piacere pure io.

La fatica più grande non è svegliarsi, semmai spostare le 4 coperte che sono sopra di me. Non ho mai capito perché noi parà siamo esagerati in tutto, sarebbe bastato indossare un pigiama e di coperte ne sarebbero bastate due, invece si dorme in slip, ma con 4 coperte. Il pigiama è da femminucce e quindi... meglio a dorso nudo come tutti. D'altronde, anche se non ci sono i termosifoni Pisa è umida, ma non è freddissima?

Esagerati... come in mensa, mi viene da pensare, un solo vassoio di metallo con gli scomparti, non è mai sufficiente, solitamente io ne prendo due, uno per la pasta, pieno in tutti gli scomparti ed un' altro pieno tra bistecche ed insalata.

Decido di stare in branda ancora per un minuto, sembra poco, ma rubato così, a quest'ora... te lo godi, secondo per secondo.

E invece non arrivo a completare il giro della lancetta al calduccio, che già si sente nel corridoio il sergente che strilla come un forsennato: in piedi...sveglia....giù dalle brande!

Vaffanculo! Gambe e braccia insieme per far volare coperte e lenzuola, quando il sergente arriva davanti alla porta della camera e mette la testa dentro, siamo già tutti in piedi.... Però, chissà perché, continua a strillare incazzato !

Tutta la vigoria, la sfrontatezza, la goliardia della sera, sembrano svanite. Ci si muove tra cessi e camerate, dentifrici e lamette come fossimo zombie. La mattina dei lanci ci si aggiunge anche un po' di tensione, una strana sensazione, si aspetta con ansia il giorno del salto, però quando finalmente arriva, pensieri di tutti i tipi attraversano la mente.

Tre coperte nell'armadietto ed una a coprire il "cubo" sulla branda. Materasso piegato in due, rifinito da lenzuola e coperte di una perfezione geometrica. Tre mesi di giorno, per un addestramento duro e faticoso sono serviti a formare il soldato, tre mesi di notte, svegliati per fare i cubi, sfasciarli e rifarli più volte, sono serviti a formare l'uomo.

E' cosi che da 1300 ragazzi, si arriva a selezionare 350 para' della Folgore.

Scendo le scale per entrare nel buio di piazza El Alamein e via di corsa a fare colazione, e già inizia a riaffiorare lo spirito del parà, allegro e guascone, scherzi, battute e risate risuonano nella grande mensa, ma tutto di corsa...di corsa passo davanti alla palestra e al "pollaio" di addestramento, ore ed ore appesi a delle imbragature a fare gli esercizi, fino ad eseguirli istintivamente, come riflesso incondizionato. Magari oggi potrebbero servire, non si sa mai!

Gli ACM 52 sono gia in moto da un pezzo, si salta su prima possibile per guadagnare il sedile di legno vicino la cabina, li dove entrano meno spiffri di freddo e dove i gas di scarico arrivano in misura minore.

Si parte, ogni cambio di marcia una grattata, le battute si sprecano, un ragazzo toscano grida all'autista: "hai cambiato?" L'autista è romano, ed è fin troppo scontata la risposta: " No! Sto sempre co' tu sorella!

Fuori Pisa dorme, e noi ricambiamo l'antipatia di molti Pisani nei nostri confronti, cantando a squarciagola. I canti dei paracadutisti: "Come folgore dal cielo", "Paracadutista tu", si intramezzano con canti meno nobili, da caserma, "Come figlia ti voglio dare" ecc. lo spirito di corpo aleggia all'interno dei teli dei camion, tra frenate brusche di improbabili "autisti" di vent'anni e curve assassine, si arriva all'aeroporto di Pisa.

Inizia ad albeggiare, ci mettiamo in fila per prendere i paracadute da un camion pieno zeppo, il paracadute principale più grande, è il CMP 55, gigantesco, una calotta di seta bianca di 90 mq, a cui tra un po, appenderemo la nostra gratitudine. Il secondo, l'ausiliario, piccolo e compatto, l'Irving 52 da posizionare davanti sul ventre, serve per la seconda ed ultima chance.

Tutti a vedere i cartellini del paracadute, a scoprire chi ha firmato il ripiegamento, illazioni, minacce, battute accompagnano la lettura dei nomi.

All'improvviso, la frenesia, le corse, l'eccitazione, lascia spazio alla tranquillità più assurda, come solito bisogna aspettare delle ore, ci si dispone seduti con i paracadute indossati, uno appoggiato all'altro per alleggerire il peso di circa 18 kg del paracadute sulle spalle.

Passiamo il tempo a mangiare cioccolate fondenti e biscotti, c'è tempo per raccontarsi delle ragazze conosciute la sera prima, delle proprie esperienze, ci conosciamo sempre più, le amicizie si rafforzano ancora, si organizza il fine settimana, il tempo passa tranquillo, persino i superiori smettono di essere rigidi e severi, addirittura risultano simpatici via via che scorrono i minuti.

Troppo forte il cappellano! anche lui con il paracadute sulle spalle. Un para', pensando di prenderlo per il culo gli chiede cosa deve fare se non si apre il paracadute, risposta: "ti autorizzo a bestemmiare!"

Poi arriva il personale dell'aeronautica con i piloti, iniziano i controlli intorno agli aerei, accendono i 4 motori dei giganteschi C130 per scaldarli, intanto inizia l'imbarco, il direttore di lancio ci dispone per gruppi di 12, sia a destra che a sinistra della carlinga.

Inizia il rullaggio verso la pista, poi l'aereo si ferma, dopo alcuni minuti utili al pilota per i controlli della check-list per il decollo, sentiamo i motori salire al massimo dei giri, via i freni e il bestione Hercules C130 a pieno carico (umano), scatta e prende velocità come una formula uno... la spinta è fortissima.

Ripenso alle accelerazioni della mia moto da cross, ma non è niente in confronto, soprattutto perché siamo seduti di traverso, difficile mantenersi dritti con il busto, davanti a me sull'altro bordo della carlinga dell'aereo, nonostante le cinture di sicurezza, vedo i miei amici piegarsi all'unisono verso la coda.

Da Pisa a Tassignano, si impiegano pochi minuti di volo, il rumore è assordante, parlare tra di noi è difficile, tutti ne approfittano per stare da soli con i propri pensieri. Una volta in quota, l'aereo livella, il

Direttore di Lancio, con ampi movimenti delle braccia davanti alla vita, ci fa segno di sganciare le cinture

Io penso a mia madre, anche ieri sera non gli ho detto niente del lancio, a volte "ci spiantano" per condizioni meteo difficili, e allora poverina è costretta a trascorrere un'altra notte ed un altro giorno di preoccupazione, e perché farla stare preoccupata? Lo saprà stasera, quando con in tasca un mucchietto di gettoni telefonici, chiamerò casa, per dirgli che tutto è andato bene.

Il D.L, ci passa accanto ad ognuno di noi assegna il numero alla porta e il passaggio. Io sono il quattro del primo passaggio, ogni passaggio siamo in dodici a saltare dalla porta di destra e dodici dalla porta di sinistra.

Ognuno di noi sa che non deve "tentennare una volta alla porta, gli ultimi ad uscire rischierebbero di finire sugli alberi della zona lancio di Tassignano.

Eccola! Si accende la luce rossa, 6 minuti al lancio, mentalmente ripasso le istruzioni, sull'aereo, alla porta, la discesa...Il Direttore di Lancio si mette le mani a tavoletta davanti agli occhi, richiama la nostra attenzione, quando capisce che tutti guardiamo dalla sua parte, impartisce il primo ordine: PREPARATEVI. Batte il piede e con la mano distesa all'altezza della vita. Noi facciamo capire di aver capito e tutti portiamo il piede in avanti. Portiamo il gomito sul ginocchio con in mano la fune di vincolo con il moschettone aperto e con la luce di apertura rivolta in avanti e verso l'alto.

Il DL batte un colpo con le mani e fa il segno con le mani a tavoletta dal basso verso l'alto. IN PIEDI !E' ora di alzarci.

C'è il rischio che le gambe cedano, quindi i movimenti vanno fatti con una inusuale violenza, non c'è più spazio per le debolezze, non si cammina, si battono i piedi a terra, si ruota verso i portelloni d'uscita aperti, il rumore aumenta ancora di più, l'odore di cherosene bruciato è ancora più forte...l'emozione aumenta sempre più...non vedo l'ora di arrivare alla porta...paura, incoscienza, adrenalina, è un misto di piacere e di preoccupazione.

Adesso il DL da il terzo ordine...una mano sulla sua testa e l'altra con il dito indice ad uncino mima il gesto dell'aggancio della fune di vincolo.... AGGANCIATE!

Agganciamo la fune di vincolo al cavo statico di acciaio, con la luce del moschettone rivolta verso -la porta di uscita, ci assicuriamo che sia ben messo, chiuso e inseriamo lo spinotto di sicurezza, facciamo la famosa cappiola di circa 20 cm, con il pollice verso il basso, ben salda, l'ultima cosa da fare in questo momento è perdere la fune di vincolo dalle mani.

Arriva il quarto ordine del DL, con ampi gesti delle braccia davanti alla pancia ci segnala gridando di CONTROLLARE L'EQUIPAGGIAMENTO.

Controllo la mia parte anteriore, iniziando dalla fune di vincolo fino agli stivaletti da lancio, vedo il pugnale sul mio polpaccio, mi viene da pensare : Se uscendo prendo il "reggiseno" taglio la funicella che l'ha provocato, anche se l'istruttore dice di non farlo". Controllo la parte posteriore dell'attrezzatura di Davide Lindemblat, il comasco di Bellagio, figlio di madre italiana e di padre tedesco, è il mio grande amico merita un controllo ancora più minuzioso se possibile... più di quello che ho fatto su di me. Dietro di me so che Scarpetti sta facendo la stessa cosa con me. Una certezza nata condividendo sacrifici e felicità, fatica e divertimento, la nostra è più di una amicizia...è cameratismo.

Il Dl, chiama la "chiamata di controllo"...sento gridare alle mie spalle "12 bene, 11 bene, ...fino al mio turno : "grido 4 bene", mentre mostro il braccio anch'io per assicurare al DL che tutto è a posto, davanti a me gli altri tre fanno la stessa cosa.

Il DL ci mostra il dorso delle mani, le avvicina a se...ci siamo è il segnale di compattarci, manca un minuto al lancio ! Ci muoviamo tutti insieme, piede destro, poi piede sinistro, sincronizzati nei tempi e nello spazio, non facciamo nessuno sforzo...quante volte lo abbiamo fatto sulla falsa carlinga in addestramento !

Adesso vedo fuori, vedo la striscia di quello che sembra un piccolo torrente, invece è la fogna a cielo aperto di Lucca, un vero spauracchio per i paracadutisti della Folgore, mi viene da pensare: "meglio una caviglia rotta che finirci dentro!" questa è la mia preghiera a Dio.

Cinque secondi...."ALLA PORTA" grida il DL...vedo il primo della fila che ruotando sul piede destro si posiziona davanti alla porta... mi copre la visuale, vedo la sua mano a tavoletta già posizionate sul bordo all'esterno, nonostante il freddo che entra, sento un forte caldo sul viso, non ho mai saputo che cosa sia, ne l'ho mai chiesto, mi succede ad ogni lancio...magari è paura non so.... ma non mi va di farlo sapere.

Luce verde...sento il via del DL insieme alla pacca sulla spalla del primo alla porta, dall'altro lato dell'aereo succede alternando i comandi, la stessa cosa, vedo i due direttori che si guardano per non perdere la sincronia...non sarebbe bello far uscire dalle due porte, due paracadutisti insieme...ripasso velocemente le cose più importanti , testa chinata in avanti per non prendere la frustata delle fasce del paracadute, gomiti stretti ai fianchi per evitare giri di avvitamento, gambe a squadra per non roteare in avanti con il rischio di entrare dentro le funicelle mentre si aprono...ho il cuore in gola...arrivo alla porta in apnea, sento il cuore che batte forte...più forte del rumore del quadrimotore ad elica, spingo la fune di vincolo con forza verso la fine della carlinga l'ho fatto senza neanche pensarci...ecco a cosa serve l'addestramento.

Ruoto con il piede destro, sono alla porta con le mani all'esterno, sento il colpo sulla spalla...salto....sento lo spostamento dell'aria che mi toglie all'improvviso il calore dal viso...conto mentalmente in apnea, milleuno, milledue, milletre...vedo la terra in una posizione strana, è al mio fianco invece che sotto di me... millequattro, millecinque, sento scuotermi le spalle dall'uscita del fascio funicolare, il paracadute tarda ad aprirsi, ma stranamente non ho paura, ho fiducia ho fatto tutto bene, avrò contato velocemente...ed infatti all'improvviso sento la pace più assoluta.

Addirittura una pace serena ed irreale non sento più il frastuono dell'aereo, il rumore del vento, solo le grida di gioia degli amici usciti prima di me che galleggiano più avanti appena sotto di me, ho voglia di gridare per il piacere...lo faccio.

Stacco le mani dall'ausiliario, alzo le braccia e mi appendo alle fasce allargo le braccia per togliere un paio di giri di avvitamento, allargo le gambe per fermare l'inerzia contraria, poi manovrando sulle fasce prima a destra poi a sinistra, faccio il "giro d'orizzonte" per assicurarmi di non entrare in collisione con altri paracadutisti, do un'occhiata alla manica a vento, poi cerco di "governare" il mio paracadute posizionando la fenditura a favore di vento...chiamo Davide : "Andiamo verso l'Autostrada, gli grido ...c'è gente...magari c'è qualche ragazza da rimorchiare"..."Va bene, mi risponde, purchè ci ..allontaniamo dalla fogna!"

Gioco un po' con le manovre, mi godo ogni istante di questo volo senza peso, guardo in alto...sono impressionanti 90 mq di seta bianca, ci siamo avvicinati davvero molto all'autostrada, giuro a me stesso che se arrivo sull'asfalto non farò niente per evitarlo. Oramai siamo a circa 50 metri di altezza devo prepararmi all'atterraggio, mi metto controvento, piedi uniti a martello, ripasso la capovolta, dovrò cercare i muscoli più grandi per impattare nella caduta...polpacci, glutei e fianco, la terra si avvicina in modo impressionante, dall'alto, la velocità di 5 metri al secondo sembra tranquilla, ma da qui mette timore...ecco l'impatto...ci sono...pressappoco faccio quello che ho in testa, ma non giurerei di esserci riuscito per bene, mi sono sentito goffo e passivo, comunque sono a terra mi attacco ad una sola cinghia per chiudere la calotta del paracadute, non voglio essere trascinato dal vento....mi rialzo in piedi e corro di fianco al paracadute ancora un pò gonfio...adesso si affloscia completamente...sono più tranquillo...sento un battere di mani...mi giro e azz...sono davvero andato vicino all'autostrada, un centinaio di metri, una decina di auto sono ferme nella corsia d'emergenza, una piccola folla di automobilisti si stanno godendo i nostri lanci, leggermente più lontano di me c'è Davide...mi chiama e mi fa: "mi sa che quello che volevi fare te non si può fare, come pensi di 'cuccare' con tutta questa roba addosso?" Lo guarda e sorrido: "Lo so!, stavo scherzando prima...oggi il mio amore è solo questo ammasso di seta e corde...non c'è spazio per nient'altro" !

    Per gentile concessione di Massimo Quinzi
    Pisa scaglione 1-1-81

Dien Bien Phu

Questo racconto è ispirato a un episodio reale della guerra in Indocina, condotta dai Francesi negli anni '50,

E' una riflessione su quella che sarebbe potuta essere la realtà di un giovane se fosse nato in altro momento e in altro luogo. La società occidentale moderna, fugge dal concetto di morte, di lotta per la sopravvivenza, dalle difficoltà che comporta l'esistenza.

Eppure da sempre la realtà umana è caratterizzata da questi aspetti.

La battaglia di Dien Bien Phu è un simbolo dell'onore e dell'abnegazione dei Paracadutisti, in cui sono stati coinvolti i Parà Francesi in Indocina contro i Vietcong, durò cinquantasei giorni, senza rifornimenti, completamente circondati dalle forze del comandante Giap, che invece era continuamente rifornito e rinforzato, il rapporto di forze fu di uno contro dieci, il sette Maggio 1954 ci fu la capitolazione attraverso un ultimo messaggio ricevuto l'otto Maggio alle 1.50.

Su 10.813 uomini dei quali il 40% paracadutisti, 3.000 dei quali lanciati di notte. Ci furono 1.293 morti, 1.693 dispersi e 5.234 feriti. Un massacro che ha segnato la storia dei Paracadutisti nel mondo, tanti giovani francesi coinvolti in quella missione senza speranza, equipaggiati con gli avanzi della seconda Guerra Mondiale, male armati, che hanno scritto la Storia dei soldati Paracadutisti.

Salto dalla torre sul telo

Saltare dal portellone dell'aereo tutto sommato è cosa abbastanza semplice, si è tutti insieme, in gruppo, la luce verde segnala il momento in cui bisogna darsi una spinta fuori dalla porta verso il vuoto, non c'è molto spazio per l'esitazione, tutto avviene in movimento, in frazioni di secondo, tutto si muove, l'aereo, la terra vista dall'alto sembra un tappeto mobile, non c'è spazio neanche per le vertigini né per la paura.

Il salto dalla torre è diverso, è una sfida individuale con se stessi e con il timore d'infortunarsi, c'è minor rischio di morire, ma una buona probabilità di farsi male se non ci si coordina a dovere.

Ci sono due tipi di salti sul telo a Piazza d'Armi a Livorno, uno sul telo tondo da sedici metri e uno sul telo a scivolo al massimo da diciannove metri equivalenti ad un palazzo di sei piani. Certo niente a che vedere con la torre di lancio di Tarquinia degli anni '40 alta sessanta metri.

Comunque siamo a piazza d'Armi a Livorno, per il corso d'Ardimento, facciamo a turno ogni tipo d'esercizio, dalle funi divaricate al ponte mobile e la discesa in corda doppia.

Ma la sfida più allettante è con le torri, s'inizia sul telo tondo da un'altezza minima per prendere dimestichezza con il salto, per il coordinamento dei movimenti. Man mano che si sale il telo tondo si allontana dalla torre, il capo telo fa le prove gridando forte "destra", "sinistra", "a me", "a te", così i ragazzi si muovono al comando in modo coordinato.

Con i salti più bassi si prendono le misure per la capovolta, inizialmente non si plana sull'aria affatto, si salta e si fa la capovolta, le braccia lungo le gambe e si atterra col sedere, è bene trattenere il respiro per ammortizzare meglio l'urto.

Poi, il corpo si stacca dalla torre percorrendo in avanti alcuni metri planando sull'aria, il peso della testa e del busto portano giù il corpo che ormai d'istinto si chiude su se stesso, facendo un giro per la capovolta, le braccia si ricompongono lungo le gambe ed il viso è schiacciato contro le cosce, l'aria è rimasta nei polmoni quindi le gambe impattano il telo imbottito.

Telo tondo 10 mt

Da dieci metri il salto fa un certo effetto, per salire ci si arrampica sui tubi "innocenti" dell'impalcatura: "bisogna avere sempre tre punti di appoggio" senza avere fretta, sempre in contatto con i tubi, in appoggio, ci devono essere le due mani e un piede o due piedi ed una mano, mai uno ed uno, perché in quel modo se ci si sbaglia, si scivola, se si manca l'appoggio, la caduta è inevitabile.

Si sale sempre di più in altezza ed il numero dei saltatori si riduce, a meno che la coordinazione nel salto, nel volo e nell'atterraggio non siano perfetti, l'addestratore non permette che il parà vada al livello successivo.

Da lassù, all'ultimo livello le voci dei commilitoni sono distanti, il vento fa un certo effetto, bisogna passare sotto un tubo innocenti e lasciarselo come poggia schiena, i piedi sono uniti sull'asse di legno, le braccia girano attorno ai tubi laterali stretti dalle mani, è come essere in pizzo ad un cornicione, gli sguardi del capo telo e dei ragazzi che sostengono il telo sono tutti rivolti verso l'alto, concentrati, pronti a spostarsi nella direzione giusta qualora uno dei piedi spinga più dell'altro facendo prendere una traiettoria diagonale anziché dritto per dritto, ma la chiave per fare un buon salto sta nel non forzare alcun movimento, sfruttando il coordinamento dei movimenti piuttosto che impostarli con i muscoli.

Il comandante domanda se sono pronto, faccio cenno di si con la mano, alzando il pollice. Anche giù si preparano, si fa silenzio, le braccia lasciano i tubi innocenti per distendersi lungo i fianchi, lo sguardo guarda davanti dritto verso l'infinito del cielo, la schiena è dritta, tutto il corpo è perfettamente verticale e sull'attenti, un leggerissimo colpo di reni verso avanti, quanto basta per sbilanciare il corpo in avanti, il corpo teso come un birillo che cade, oscilla verso il basso, quando si trova a 45 gradi le punte dei piedi insieme danno un colpo secco sull'asse di legno, la testa si alza, la schiena s'inarca, le braccia si allargano con i pugni chiusi, il corpo si stacca dalla torre percorrendo in avanti alcuni metri planando sull'aria, sono pochi attimi nei quali il mio corpo appare sospeso fra cielo e terra, la mente si gusta pienamente la sensazione di leggerezza, mentre l'adrenalina fa pompare il cuore a mille.

Telo scivolo 19 mt

E' una vera lezione di vita dover affrontare una prova per la quale c'è solo una via per la giusta riuscita di un'impresa, nella quale è in gioco la tua stessa vita.

Il peso della testa sempre alta e del busto portano giù il corpo che ormai d'istinto si chiude su se stesso, facendo un giro per la capovolta, le braccia si ricompongono lungo le gambe ed il viso è schiacciato contro le cosce, l'aria è rimasta nei polmoni quindi le gambe impattano il telo imbottito. Tutto bene.

C'è un'altra prova da superare, sull'altra torre, quella da 19 metri, un diverso modo di saltare, si atterra sul telo a scivolo, un telo costituito da una fettuccia larga quanto la torre, attaccato a metà altezza, circa dieci metri da terra, poi fissato sul terreno, a metà del telo ci sono due corde tenute da due commilitoni che impediscono che il telo si giri col vento, tenendolo sempre ben aperto, facilitando l'atterraggio nel salto ed all'occorrenza lo tirano verso se stessi, nel caso il saltatore sia fuori asse.

Sedici metri sul telo tondo non sono pochi, ma il salto da diciannove è più impressionante e rischioso, dopo essersi arrampicati fino in cima, l'ultimo passo per effettuare il salto è quello di salire su una tavoletta di legno posta in cima, senza punti di appoggio laterali o posteriori, è una tavoletta "senza ripensamenti" quando ci sei montato o ti butti o se esiti è facile cadere e farsi male.

Così il segnale che si è pronti a saltare lo si dà prima di arrampicarsi sul punto dal quale si spiccherà il volo. Il cuore batte forte, l'istinto di conservazione ti vorrebbe fermare, vorresti tornare indietro, tutto è precario e insicuro, sei ad un passo da un salto che è una sfida alla paura, al terrore che ti assale se pensi che qualcosa potrebbe andare storto, sei preoccupato più che altro dalla mancanza di appoggi e che devi fare tutto obbligatoriamente bene, seguendo la procedura nei salti effettuati da altezze minori.

Telo scivolo 16 mt

Un semplice salto diventa una lezione di vita, devi affrontare una prova per la quale c'è solo una possibilità di riuscita nell'impresa, nella quale è in gioco la vita stessa, puoi solo fare la cosa giusta..

Dall'esterno sembra una circostanza stupida, in fondo non sei obbligato a saltare dalle torri, l'Esercito non ti obbliga a sfidare la sorte e la morte, ma fintanto che non ti metti alla prova non saprai mai di che pasta sei fatto, finché non ti trovi in bilico sulla tavoletta, non saprai mai se avrai il coraggio di sbilanciarti in avanti, proiettandoti verso il vuoto, trattieni l'aria nei polmoni, dimostrando a te stesso che puoi farlo, che sai farlo. Che di fronte alla paura, a una difficoltà, andrai avanti, fino in fondo, avendo in te un coraggio che forse non pensavi di avere e quando la paura ti ha colto di sorpresa, dentro di te hai gridato: Folgore!

E i tuoi reni hanno reagito all'incertezza ed il tuo viso ha solcato l'aria, planando come il falco quando si scaglia sulla preda, la velocità dell'aria sul viso è andata aumentando, i muscoli completamente tesi, la terra che si avvicina vertiginosamente, lo stomaco contratto, lo sguardo concentrato sul telo per analizzare in un lasso di tempo brevissimo se sia necessario fare delle correzioni alla traiettoria, l'espressione del viso è tesa, dall'interno senti tutto il corpo compatto, la terra si avvicina ad una velocità spaventosa come se un enorme pistone si sollevasse verso di te mentre sei tu che stai atterrando, infine un colpo secco dei reni per la capovolta, l'atterraggio sul telo, è fatta.

Un altro giovane ventenne Italiano qualsiasi, ha superato positivamente una prova, che ha contribuito a creare quella sicurezza, nell'affrontare il timore dell'incertezza, che caratterizzerà la vita intera,

Tutto Normale

XV cp

Lo sguardo segue la gamba per finire sullo stivaletto da lancio che tiene stretta la caviglia, i lacci incrociati poi in parallelo sono ben serrati, i pantaloni maculati imbottiti sono familiari alla pari di un qualsiasi paio di mutande. Lo zaino con il munizionamento per le esercitazioni, la razione K e qualche bengala, pochissimi in verità per tutta la compagnia. Si cerca di ammazzare il tempo prima dell'imbarco senza far troppo caso ai colleghi, ai discorsi di sottofondo.

Il portellone posteriore dell'Hercules C130 è aperto, osservo le placchette anti sdrucciolo, i cilindri per lo scorrimento dei materiali per il carico e lo scarico in volo dei rifornimenti nelle zone impervie.

Delle aste laterali impediscono la chiusura accidentale del portellone, tutto si svolge in modo semplice, seguendo una routine simile a quella delle madri in cucina mentre preparano il pranzo, le corde vengono spostate, messe in ordine, tutto dell'aereo è fatto in modo ottimale, materiale solido, studiato per reggere alle sollecitazioni, l'aereo è grande, imponente, le eliche ferme sembrano ammonire l'osservatore, gli occhi osservano stupiti la grande quantità di perni di fissaggio che conducono agli sfiati dei gas di scarico delle turbine.

Eppure è tutto così normale, familiare, parte del proprio essere. Con fare pigro, annoiato, il tempo trascorre, presto i nostri piedi calpesteranno l'alluminio del portellone, entreranno nella carlinga come una squadra di calcio entra negli spogliatoi.

Una volta dentro si tace, lo sguardo corre sugli oggetti e le parti dell'aereo fissati alla fusoliera, ottimizzando gli spazi, contemplando al meglio eventuali emergenze.

I militari bardati con l'elmetto, lo zaino e le armi, prendiamo posto sui seggiolini come in un teatro in cui c'è il tutto esaurito, ma con la prenotazione obbligatoria: non ci sono poltrone vacanti, né persone che restano in piedi, ogni cosa è programmata e pianificata senza sbavature.

Con la banalità di una gita in pullman si partecipa a un lancio tattico notturno con rotta di avvicinamento a bassa quota fra le montagne e condotta evasiva attraverso i boschi tosco-emiliani.

Così è la vita, anche qualcosa che per molti può rivestire un'aura di eccezionalità, nel tempo può portare all'assuefazione, alla banalizzazione, la ricerca continua dell'evento straordinario può portare alla saturazione e spingere a correre inutili rischi.

Nell'inutile corsa verso le sensazioni forti, si tralasciano i particolari, le sfumature che poi sono quelle che riempiono di contenuti veri ogni esperienza vissuta. Questo permette di creare quel bagaglio di sensazioni, profumi, sentimenti che costituiscono la profondità dell'anima umana, tutti elementi che consentono di affrontare meglio le avversità della vita.

Le facce silenziose dei parà disposti su file parallele di seggiolini contrapposti si osservano con indifferenza, come avverrebbe in un vagone della metro, qualcuno fa delle battute sull'eventualità di non essere presente a cena. D'altra parte i soldati dei reparti operativi, in particolare gli aviotrasportati sono definiti: " i fidanzati della morte".

Le luci sono fioche, fuori è buio, i motori cominciano a funzionare emettendo un suono simile alle turbine a reazione, costante, la carlinga vibra poco, qualche minuto è sufficiente perché le quattro grandi eliche comincino a ruotare, il regime di giri sale vorticosamente, il portellone posteriore da carico, dal quale siamo entrati si chiude ermeticamente, nonostante il volo sia a bassa quota l'ambiente è pressurizzato, come nei voli di linea.

Le vibrazioni ed il rumore dei motori aumenta mentre l'Hercules inizia a spostarsi per posizionarsi sul punto d'inizio della pista per il decollo, quindi le eliche aumentano il numero di giri, i freni sono tirati, improvvisamente vengono rilasciati, la sensazione è simile a quella che si sperimenta con una moto molto potente quando si apre il gas a manetta ed il motore entra in coppia, l'accelerazione è forte, più impressionante dei voli di linea, sembra ci sia il turbo, poche decine di metri di rullaggio ed il C130 è in volo.

Ritratto Par.Credazzi

Pochi secondi di volo stabile e lineare quindi l'aereo vira repentinamente nelle valli appenniniche con la pancia della fusoliera che sorvola a poche decine di metri le cime degli alberi, poi seguendo il terreno l'aereo si alza ed abbassa di quota, proprio come farebbe se stesse operando in territorio nemico per restare fuori dalla portata dei radar.

All'interno le facce annoiate ed un po' scocciate per il fatto che quella notte non si dorme, attendono il fatidico segnale che fa rizzare in piedi gli uomini del primo passaggio, sarà una notte difficile, prima di tutto bisognerà trovarsi al buio, anche se il punto è segnato sulla carta topografica, di notte i punti di riferimento sono falsati, per dimensione e posizione, quindi bisognerà camminare a lungo per trovare un posto sicuro nel bosco o nei campi, magari qualche casolare abbandonato, speriamo con pochi topi, per il bivacco fino all'alba.

Il segnale arriva, dodici di noi si alzano con solerzia ma comunque con calma, senza movimenti bruschi, facendo qualche sforzo in più per l'ingombro del paracadute dorsale, quello frontale d'emergenza, con sotto lo zaino ed al lato il fucile o la mitragliatrice da campo. Lo spazio è piuttosto angusto, l'equilibrio instabile, perciò si cammina con piccoli passi di avvicinamento alle porte laterali ormai aperte, in fila indiana, sei da un lato e sei dall'altro. E' impressionante il passaggio dal relativo silenzio della pressurizzazione alla furia del vento delle porte aperte in volo.

.... E' normale che le porte siano aperte, nessuno ne è stupito, dobbiamo usarle per uscire dall'aereo, eppure in effetti è strano vedere una porta di aereo aperta in volo, anche per chi fra pochi istanti dovrà attraversarle per uscire fuori, è come se il pensiero fosse dissociato dalla realtà. Infatti quando uno viaggia vede il personale di volo che serra i portelli, nessuno si sognerebbe di vederne uno aperto in volo.

Pisa attesa imbarco per lancio Altopascio

Lo sguardo silenzioso corre lungo i bordi del portello, si soffermano sulla luce rossa, s'incrocia con gli occhi complici del Direttore di lancio che si muove con fare sicuro e rassicurante, mostrando nei gesti di avere il controllo della situazione e che tutto procede secondo il protocollo.

L'aria che inonda la carlinga è fresca, frizzante, dal profumo intenso dell'aria di quota, produce un rumore potente e costante fuori è buio, le luci appaiono distanti similmente alla vista panoramica che si gode dalla cima di una montagna, si respira una sensazione di normale "potenza", il grande rumore fa pescare i pensieri nell'infanzia alla goduria di quanto fosse bello essere liberi di far rumore, senza che nessuno potesse lamentarsi.

Da militare puoi fare rumore, le turbine dell'aereo e dell'elicottero sono rumorose, il passaggio dei mezzi cingolati meccanizzati fanno un rumore simile a quello del passaggio di molti cavalli al galoppo, le bombe a mano, i fucili, i bazooka, i mortai ed i cannoni, tutti fanno rumore.

Quando sei tu a fare rumore pensi di essere il padrone del mondo, ma se sono gli altri a farlo e tu a subirlo non è divertente, come accadeva i primi giorni alla scuola ufficiali, quando alle tre di notte nel pieno del sonno irrompevano gli "scelti" dell'altro corso nelle camerate accendendo le luci, sbattendo oggetti di ferro sui bordi del letto o contro gli armadietti metallici, spalancando le finestre nella notte ancora fredda della campagna di Cesano, ci buttavano giù dalle brande per farci fare l'ennesima pulizia della camerata, dei corridoi e dei bagni, sebbene l'ultima fosse terminata a mezzanotte, con controllo finale per la polvere con il guanto di pelle solitamente sotto la zampa di un letto o sul davanzale della finestra.

I suoni avvolgono completamente la vita militare, lo squillo di tromba per l'adunata o di commiato per un collega caduto. Le marce della compagnia ed il canto delle canzoni, il rumore della colonna in movimento, suoni e rumori precisi che scandiscono le fasi della vita militare e segnano per sempre i ricordi, come pure il portellone aperto sul lato della carlinga dell'Hercules C130 e la sensazione che si prova stando in piedi a pochi centimetri dall'uscita, una sensazione che si vorrebbe prolungare nel tempo, senza fretta, senza affanno, senza tempi prefissati, quando ti senti sazio e pronto, ti daresti lo spinta per o stacco nel vuoto, ma il pilota è nel pieno della concentrazione per agganciare la traiettoria di lancio a vista e calcolare il punto in cui dare i sei secondi al lancio al DL e quindi accendere la luce verde.

Il DL ti accompagna sulla soglia del portellone, le mani sono per metà fuori dell'aereo, le gambe leggermente piegate, il piede destro più avanti con la punta fuori dall'aereo, il sinistro più indietro dentro la carlinga, come in una gara di atletica, tutto il corpo è in tiro, teso ed attento a ricevere il segnale d'uscita, secondi preziosi che scrivono segni profondi di forza e coraggio nell'intimo silenzioso dell'uomo, l'aria a trecento chilometri orari avvolge il viso con uno strofinio simile ad una pezza ruvida per lavare le pentole. In quel momento non pensi che potresti morire, sei solo concentrato a seguire il protocollo provato e riprovato, in esercitazione ed in azione, sei attento a ricevere i comandi per eseguirli prontamente, senza esitazione, con forza, senza ombra di ripensamento o tentennamento.

Trattieni il fiato, quasi questo possa trattenere il tempo, potendolo fare fermeresti tutto ciò che ti circonda per gustare pienamente quel frangente che sta segnando la tua vita per sempre, per fare in modo che penetri in profondità nella tua mente, fissandolo il meglio possibile, perché senti che si tratta di qualcosa di tuo, profondamente personale, che nessuno può attaccare, contaminare, attimi che sembrano sospesi nell'universo, come se fossi riuscito a creare una dimensione che si colloca in modo perfetto nel contesto del creato, in cui la tua personalità ha una forma definita, non soggetta ad elementi esterni.

Fuori è buio pesto, l'aria entra con violenza da entrambi i portelloni contrapposti aperti, le mani sono fuori le braccia in tiro, il peso sbilanciato indietro come per saltare un fossato, la luce diventa verde, il DL dà il segnale la spinta verso l'esterno è forte, bisogna vincere la forza del vento che entra prepotente, ed una volta uscito questo ti afferra come un torrente turbolento in piena, ti strappa via dalla prossimità dell'aereo con violenza disumana, incurante dello zaino e degli armamenti tende la fune di vincolo stendendo con grande violenza il paracadute che diligentemente si sottomette alla furia, aprendosi in pochi istanti.

Un altro tassello inconfondibile ha trovato posto nel bagaglio di esperienza, sebbene il mondo non potrà comprendere cosa tu stia facendo, saranno momenti in cui riacquisterai forza quelli nei quali nella solitudine ti soffermerai silenzioso ad osservare il cielo che si fonde col mare e la mente tenterà di rivivere quei momenti intensi di vita, il vento sulla faccia ti farà ricordare l'aria che entrando nell'aereo ti strofinava il viso, sensazioni capaci di trasformare un normale giovane italiano in un Paracadutista del Quinto Battaglione El Alamein della Brigata Paracadutisti Folgore, per la vita.

Piazza d'armi Livorno XV cp

Odore di Kerosene Ch47

Era lì, davanti a me, con l'aria di chi volesse interrogarmi. Un metro d'altezza, due grandi occhi neri che sprizzavano furbizia.

Una mattina frizzante di fine inverno, il cielo è meraviglioso, poca gente che passeggia nel parco.

Sto seduto sulla panchina, il capo chino, fra le mani stringo il basco rosso, ho ancora in dosso la tuta da lancio e le insegne del battaglione aviotrasportato.

Il ragazzino tira un bel fiato, si fa coraggio e con voce insicura mi domanda:

" perché piangi ?"

resta qualche istante in silenzio e poi esclama:

" i veri soldati non piangono! "

senza aspettare la mia risposta si gira di scatto e corre via.

Dalla collina del parco si domina una bella vista della campagna Toscana, il sole è alto e scalda annunciando l'arrivo della primavera.

Le pale dell'elicottero spingono l'aria

violentemente sull'erba della campagna Senese, l'odore di kerosene e' forte, piacevole, seduto con il paracadute imbracato, aspetto che arrivi il mio turno d'imbarco sull'elicottero da carico CH47 Chinook, e' il mio quarto lancio, il primo con la Brigata. Sono un ufficiale della Folgore, non posso non essere un duro.

Sono qui per provare a me stesso che posso vincere la paura, che posso affrontare la morte a viso aperto, ma il cuore e' come un pezzo di burro tolto dal frigo, piano piano s'ammolla.

Tutti diranno bene di me, ora che sono morto, diranno che ero un bravo ragazzo, onesto. Si sa che basta morire per possedere tutte le doti.

Oggi potrei morire, potrebbe accadermi quello che prima o poi comunque gusterò.

Forse sarà un bel funerale! Importante! Tutti i militari ben inquadrati, un bel discorso solenne del Generale di Brigata, molta emozione.

Tutti diranno bene di me, ora che sono morto, diranno che ero un bravo ragazzo, onesto. Si sa che basta morire per possedere tutte le doti.

Vent'anni di vita oggi mi sembrano un soffio!

Che ne sarà' dei miei affanni? .... Del mio esibizionismo? .... Della mia delusione per non aver conquistato quella ragazza? .... Del non aver straguadagnato dei soldi? .... Dei progetti sul futuro?

Che ne sarà di tutte quelle cose che mi hanno fatto stare male per non averle ottenute?

Mi rendo conto che non ho fretta di andarmene, non ha importanza quanti giorni abbia vissuto, oggi è comunque troppo presto. E' strana la vita! L'apprezzi solo quando sai di poterla perdere.

Quando mancano pochi minuti alla fine confronti le tue ansie e quelle del mondo, tutte diventano piccole piccole. Ti rendi conto che il mondo sarebbe migliore se tutte le persone vivessero con la consapevolezza della precarietà dell'esistenza.

Ma non c'è tempo per spiegare queste cose, il grande elicottero bipala dolcemente si appoggia sull'erba a pochi metri da noi, le turbine fanno un rumore assordante, tale che a mezzo metro di distanza bisogna urlare per parlarsi.

L'aria ha un odore particolare, frizzante, in bocca sento uno strano sapore, dev'essere l'adrenalina nel sangue.

Sono il primo della fila, primo del primo passaggio, prendo posto sul seggiolino più vicino al portellone, tutti i parà mi sfilano davanti e prendono ognuno il proprio posto, giovani, con espressioni serie, visi silenziosi, facce italiane.

Il lancio militare è diverso dagli altri, si effettua a bassa quota, mille e cento piedi, neanche quattrocento metri, in caso di malfunzionamento del paracadute è quasi impossibile aprire l'emergenza, specie ai primi lanci. Si è bardati con zainetto e fucile.

Dentro l'elicottero c'è un'atmosfera forte, seria, che trasmette potenza, la potenza che deriva dall'incoscienza di sfidare la morte.

La morte.

L'avversario più grande e potente dell'uomo! Sfidarla dà la sensazione di essere potenti quanto lei. Ma in fondo, nella realtà, è lei a decidere il come ed il quando.

Le turbine aumentano il numero di giri, l'elicottero si alza prima con la parte posteriore e poi con quella anteriore, prende quota, all'interno è impossibile parlare tanto il rumore è forte. Il portellone lascia uno spazio aperto dal quale è possibile vedere le colline del Chianti, il cherosene bruciato rende il panorama come appannato.

Mi rendo conto che siamo arrivati alla quota di lancio perché l'elicottero rallenta, si stabilizza, procede a velocità costante.

Il direttore di lancio sta in piedi di fronte, mi fa un cenno con la mano facendo capire che dobbiamo alzarci, il portellone lentamente si abbassa, ai lati della carlinga le luci sono rosse, una mia mano regge la fune di vincolo agganciata al cavo di acciaio, l'altra cerca un appiglio sul lato della carlinga.

Il direttore di lancio ora è accucciato, tiene stretta la mia tuta da lancio, si balla molto, in cuffia gli viene annunciato che mancano sei secondi al lancio. Mezzo metro dall'uscita, emozioni al massimo, sguardo fisso sulle luci rosse, pochi istanti, poi la luce verde, una pacca sulla coscia, uno scatto nel vuoto.

Testa bassa, gambe tese e unite, mani compatte sull'emergenza. Silenzio immediato, totale………. Milleuno, milledue, milletre, millequattro, millecinque, sguardo a destra, sguardo a sinistra, dico tutto ok ma vado veloce, troppo veloce. Non capisco perché. Il terrore mi assale, mi pizzica la testa, la velocità aumenta vertiginosamente, non m'importa di alzare lo sguardo per capirne la causa, capisco che devo aprire l'emergenza, ma le mani non rispondono ai comandi del cervello. Il panico è il padrone della situazione.

La morte, l'avversario di sempre, sta vincendo la partita.

Quindici secondi, tanti ne mancano alla fine.

Ultimi attimi per contemplare l'esistenza. Davanti agli occhi come in una realtà parallela il paesaggio sembra fermo a testimoniare della meraviglia della creazione, stridente confronto con la realtà umana piena di odio, di lotte inutili e meschine, ricca di miserabili tristi.

La mente è attraversata da pensieri come traccianti di mitra, in un lampo salgono pensieri legati agli amici, alla famiglia. Mi rendo conto che per me è finita, proprio per me è giunto il momento della fine. Certo, fino ad oggi non ero mai morto, era sempre toccato agli altri!

Cos'ho fatto di buono sulla terra? Cosa scriveranno sulla mia lapide? Che segno resterà della mia poca acqua versata in terra? Quando il sole l'avrà asciugata chi la ricorderà?

Uscita assiale

Fra poco urterò la terra, un impatto violento, mai vissuto prima, Dio mio aiutami! Ti prego ascoltami!

Perdonami se mi ricordo di te solo quando il terrore mi assale! Ora mi schianterò al suolo! Avrò male, molto male! Ma perché proprio a me? Dio mio salvami!

Pochi secondi sono passati ma sembrano un'eternità, per chi deve morire anche un secondo vale una vita.

Vedo gli alberi ed il prato sempre più vicini e non posso farci niente se non cercare di prendere quella maledetta maniglia dell'emergenza sulla pancia.

Finalmente l'afferro, la stringo forte con la mano destra e con tutta la forza che ho la tiro

Lancio da CH47

E' un lampo, il pilotino con la molla scatta in avanti portandosi dietro il paracadute d'emergenza che si gonfia in un attimo. Pochi istanti e sono a terra, sbatto con violenza, ma senza danni. Il fiato è ancora nei polmoni, non credo ai miei occhi, sono ancora vivo.

Grazie Dio! Grazie terra per esistere! Grazie vita per avermi fatto gustare la tua essenza! Grazie morte, avversaria leale! So che un giorno farò la tua conoscenza, ma per ora fretta non ne ho!

Ringrazio Dio perché ora posso guardare in faccia la morte sapendo che la mia esistenza è per sempre con Lui.

Avere conosciuto Dio, averlo fatto entrare nella vita di tutti i giorni mi ha reso capace di affrontare questa vita in modo semplice e lineare, con una serenità di fondo che spetta ad un figlio di Dio.

La morte è l'arma, è il ricatto più potente, che il nostro avversario, Satana, possiede contro l'uomo.

La salvezza di Cristo mi ha permesso di scavalcare quest'ostacolo. La consapevolezza che il mio spirito, la mia essenza, io come persona, trascorrerò con Dio tutta l'eternità, la profonda certezza di sapere che Dio mi è costantemente accanto e lo sarà ancor di più nei momenti difficili mi dà una forza ed un senso di beatitudine che nulla al mondo può darmi.

(L'Amico Silenzioso - 1998 Ed.Sovera)

Storia di un Lancio con il G222

Questa è la storia di un lancio effettuato durante il mese di marzo del 1981 precisamente il 5.

Ero il capodecollo del 2° gesso, 2° decollo, due gessi erano della 15^ Cp e gli altri due erano della Cp Mortai e della Cp Comando.

Come al solito i decolli erano apparsi in bacheca la sera prima, il velivolo era un G222 uscita assiale 28 in decollo, imbarco a Grosseto ore 8,30 partenza dalla caserma Lamarmora ore 6,15 adunata 5,30 sveglia 5,00, per me le 4,45 perchè dovevo fare la sveglia in compagnia, comunque mi era andata bene a volte quando l'imbarco era a Pisa la sveglia era alle 3,30.

OK! Tutto era pronto al contrappello delle 23,15, i contenitori, gli zainetti erano pronti, i sacchetti viveri sarebbero stati distribuiti all'adunata del mattino, Ero in camera alle 23,45 anch'io avevo tutto pronto. Lo zaino, la tuta, gli stivaletti da lancio, il moschettone e il tappo per il Fal, che avrei preso al mattino in armeria insieme alla pistola e la baionetta.

Ho sistemato le varie sveglie per essere sicuro di svegliarmi. Alle 4,45 la caciara provocata dalla sveglia mi fa rizzare sul letto, non riesco ad aprire gli occhi, ma non riappoggio la testa sul cuscino altrimenti è la fine, accendo la luce che fa baccagliare il mio vicino di branda ma non ci faccio caso tanto non si sveglia neanche a cannonate.

La sveglia in compagnia come al solito è stata veloce: accendere le luci e un paio di porco qui e porco la, al punto giusto e il gioco è fatto, vado a fare una ricca colazione a mensa truppa con pane, burro e marmellata, cioccolata calda, biscotti e una barretta di cioccolato fondente.

All'adunata faccio l'appello prima dei Paracadutisti per vedere se sono tutti, poi dei materiali per costatare di persona che tutti abbiano l'elmetto, il tappo, il moschettone e i contenitori o il Fal, c'è sempre qualcuno che con la scusa dell'elmetto non vuol fare il lancio, noi non obblighiamo nessuno però nessuno deve prenderci per i fondelli facendoci poi far fare figure del cavolo.

Tutto è a posto, faccio montare sui camion, sono 3 per la 15^ per ognuno salgono 19 Parà compresa la riserva.

Il viaggio da Siena a Grosseto dura 1 ora e 15 minuti, la velocità quando si viaggia in colonna è piuttosto ridotta, circa 45 Km/h, il freddo che arriva dentro la cabina dell'ACM 52 fa sì che quando arriviamo all'aeroporto mi scappa la pipì in una maniera tremenda, così faccio vittima del mio bisogno la prima siepe che incontro, mi accorgo di essere dentro l'aeroporto soprattutto dal rombo degli F104 che decollano a una distanza di poche centinaia di metri, una lastra di metallo è issata dietro il reattore per impedire che la macchia mediterranea prenda fuoco.

Intanto la truppa è scesa dai camion, si è inquadrata là dove poi dovrà indossare il paracadute ed essere controllata.

La giornata è bellissima non si vede una nuvola, l'aria è pungente con un odore di iodio tipico delle zone marine, facendo un rapido calcolo noi, essendo il 2° decollo, partiremo piuttosto tardi, verso le 12,00 o più tardi.

Intanto che aspettiamo l'arrivo dei G222 si scherza fra colleghi e si parla con quelli che generalmente non vediamo perchè stanno a Livorno e che in queste occasioni sono presenti o per le radio o perchè sono direttori di lancio o hanno portato i paracadute.

I paracadutisti hanno indossato i paracadute quando via radio ci avvertono che gli aerei arriveranno fra ¾ d'ora e che ne arriveranno 4 perciò salteremo tutti insieme, automaticamente il mio decollo diventa il 4° del 1° ed unico decollo, comincia così l'operazione di controllo equipaggiamento, anch'io aiuto nel controllo i D.L. e gli A.S. e con qualche parola di conforto cerco di tirare su il morale agli allievi del 12° che è la prima volta che saltano con la Brigata, i 3 lanci di abilitazione li avevano fatti alla scuola con il C130

Hercules, facce impaurite, pensierose che non nascondono la preoccupazione. "Tutto andrà bene" questa è la frase più frequente che si sente quando ci sono degli allievi al lancio.

Imbarco G222

Per me è il 12°, gli ultimi due li ho fatti appena una settimana prima dal CH47 e dal G222 con un vento di 10 m/sec. e poi ho alle spalle l'esperienza dei salti dalle torri di 19 e 16 metri che richiedono più determinazione di quanta ne sia richiesta per saltare dall'aereo, quindi sono abbastanza tranquillo, certo la sicurezza al 100% non c'è mai, ma quella non c'è mai in niente, neanche se fai un giro in moto sul Raccordo Anulare e poi è questo il gusto di fare il parà, comunque mi imbraco anch'io.

Ad un tratto arrivano gli aerei, sono solo 3 atterrano e si parcheggiano a 300 metri da dove siamo noi, ovviamente noi dovremo aspettare il 4° che ritarda, se non viene dovremo aspettare che uno dei tre effettui il lancio e torni ad imbarcarci. Ma ecco che si vede un puntino scuro a nord! è lui! è il nostro G222 atterra regolarmente, è il N°89, appena apre il portellone ci fanno segno di correre ad imbarcarci, io sono il 1° del 1° passaggio ed entro per ultimo, ci sediamo sui seggiolini, si chiude il portellone, sentiamo le turbine aumentare di giri, il rumore all'interno è notevole, si sente muovere l'aereo che si porta in posizione di rullaggio, inizia il rullaggio l'accelerazione e il rumore per la scala di emergenza che vibra sono molto forti, l'aereo si stacca dal suolo, iniziano 25 minuti di volo tattico a c.a. 150-200 metri dal suolo, infatti dall'oblò si nota la terra molto vicina, siamo sballottati parecchio e qualcuno ha bisogno del sacchetto perchè a colazione ha bevuto troppo.

Differenti segnali avvertono quanto manca al lancio, ai 6 min. al lancio il primo passaggio di 10 persone si alza in piedi, si balla molto anche per la turbolenza provocata dagli aerei che ci precedono, siamo costretti a reggerci a delle specie di corrimano attaccati sulla carlinga, il direttore di lancio chiama il controllo equipaggiamento subito dopo la chiamata di controllo, ci fa serrare, il portellone è aperto e il kerosene bruciato delle 2 turbine rende il panorama come sfocato, il DL è in ginocchio alla mia sinistra a ½ m. dalla fine del portellone, io sono alla stessa distanza e mentre il DL mi tiene per i pantaloni mi indica la luce rossa in fronte a me, mancano 5 sec. al lancio vedo avvicinarsi la Z.L. (zona di lancio) che ormai conosco bene, sono attimi lunghissimi, il cuore sembra voglia uscire dal petto, improvvisamente ecco il sibilo, la luce verde, la pacca del D.L. e mi trovo a precipitare per 50 m nel vuoto, uscita perfetta nessun avvitamento nel controllo calotta, giro d'orizzonte, nessuno intorno, tutto è molto tranquillo da lassù, ci metto 1 min. a scendere dai 1100 piedi della quota di lancio.

Attesa dei 5 secondi al lancio

L'atterraggio è senza problemi, magari un po' lontano dal punto raccolta paracadute, scruto dov'è il mio capitano che è sempre pronto a farmi pagare qualche bottiglia, mi sbraco, rendo efficiente il fucile poi raccolgo il paracadute, intanto arriva il 2° passaggio, 1° aereo OK, 2° pure OK, il 3° OK. L'ultimo del passaggio che non ha il paracadute aperto scende velocemente, sembra una pera stretta o addirittura una fiamma, piano piano si erge un coro dalla Z.L. sempre più forte che dice "apri, apri" finchè tutti non lo urlano, pochi secondi di caduta poi l'impatto, il corpo rimbalza al suolo, non posso trattenere un gesto di stizza, reazione della rabbia per l'impotenza di non poter fare qualcosa mentre vedi un camerata sfracellarsi al suolo.

Prima di noi avevano saltato i Carabinieri del 1° Btg. i quali vista la scena cominciano a correre verso il luogo dell'incidente, urlando come un forsennato (forse per reazione), li blocco subito perchè potrebbero provocare solo casino, poi corro al punto riconsegna paracadute, intanto viene lanciato il 3° passaggio per fortuna tutto OK, deposito il mio paracadute poi aspetto che arrivino quelli della mia Cp ordinando di correre al posto riordinamento, cerco di scoprire il nome e la compagnia del camerata, egoisticamente spero che non sia la mia, invece essendo saltato dal 3° velivolo è proprio della mia, poi saprò il nome e che era del 12° Contingente. Dopo poco decido di correre al riordinamento dove intanto il Sergente sta cercando di calmare gli animi, qualcuno si fa prendere dal panico, sono momenti bruttissimi, anch'io sono scosso ma devo stroncare l'andazzo disfattista, devo fare un discorso, attaccare chi ha ceduto per farlo riprendere anche con le brutte, parlo per dieci minuti dicendo cose che mi uscivano una dietro l'altra, neanche fossi stato programmato come un calcolatore, le frasi si possono riassumere con: "quando avete fatto domanda parà sapevate che sarebbe potuto succedere, forse anche a voi stessi, perché pensate che i parà siano diversi dagli altri? Ora non uscitevene con una marea di rifiuti! Che non ammetterebbero altro il cedimento dell'uomo di fronte alla paura".

Così potranno apparire discorsi da esaltato però in quella circostanza è stata l'unica maniera di tamponare l'ondata di panico soprattutto da parte dei colleghi dello stesso Contingente.

Il pomeriggio verso le 16,00 eravamo di ritorno, questa volta a piedi e senza urlare niente all'entrata in caserma e al rompete le righe invece degli abituali "Folgore". Con gli aerei eravamo partiti in 56 della 15^ Cp, siamo tornati in 55, il giorno dopo c'è stato il funerale, il 3° in 5 mesi al 5° Btg. Questo, e vedere i genitori distrutti mi hanno fatto molto pensare alla mia famiglia ed ai miei amici, alle persone che mi vogliono bene, se era giusto fare quello che stavo facendo, forse l'età, il mio carattere, non so bene cosa, mi hanno spinto a fare di più, mi sono congedato con 18 lanci, il massimo fra i sottotenenti di complemento del 5° Btg., l'ultimo lancio l'ho effettuato il 13.07.1981, 9 giorni prima del congedo a Cecina con il G222 con una perfetta uscita a ics della quale a mantenere vivo il ricordo ho una splendida foto.

Dedico queste poche pagine a tutti quelli che hanno fatto i Parà nella "Brigata Folgore" e conoscono cos'è il lancio militare e non ultimi ai 3 paracadutisti e i 3 sergenti maggiori caduti al lancio durante i miei 10 mesi alla Brigata in servizio di prima nomina come Sottotenente di complemento.

Ottobre 1981

Sommario

Prefazione **6**
Cinque secondi al lancio C130 .... **8**
5 novembre **15**
Dedicato ai caduti al lancio **38**
Paracadutista Militare **39**
Pensieri a Quota 33 .... **48**
Paracadutisti si nasce **51**
Basco Rosso **52**
Amicizia **54**
Paracadutisti Italiani **56**
Unità Militari **61**
Un Lancio **62**
DIEN BIEN PHU **72**
Salto dalla torre sul telo **73**
Tutto Normale **80**
Odore di Kerosene Ch47 .... **90**
Storia di un Lancio con il G222 .... **98**

Libri di Giulio Credazzi

100 Pagine
Distillato d'amore
Amico silenzioso
Profezie della Bibbia, i rami teneri hanno le foglie
Il Giro di Boa
Dal calendario Maya 2012 ad Armagheddon
Da Quota 33 a El Alamein
Oltre il confine della stupidità fiscale italiana
Nero su Bianco
Soluzioni di rete
Il Piano di Dio
Gli Zollari
La Contesa
La Potenza della Musica
100 Pages
Silent Friend
The Plan of God
From the Maya calendar to Harmagheddon
The turning Point

la Potenza della musica

L'impatto della musica nella vita di un Boomer

giulio credazzi

LA CONTESA

IL MIO VIAGGIO CON LA MALATTIA DI PARKINSON
QUANDO IL CORPO È IL CAMPO DI BATTAGLIA

GIULIO CREDAZZI

ROMA

Il ruolo di ROMA nel contesto delle Profezie
della Bibbia rispetto a Israele e alle Nazioni

Giulio Credazzi

Da Quota 33 a El Alamein

Giulio Credazzi

Gira la Chiave

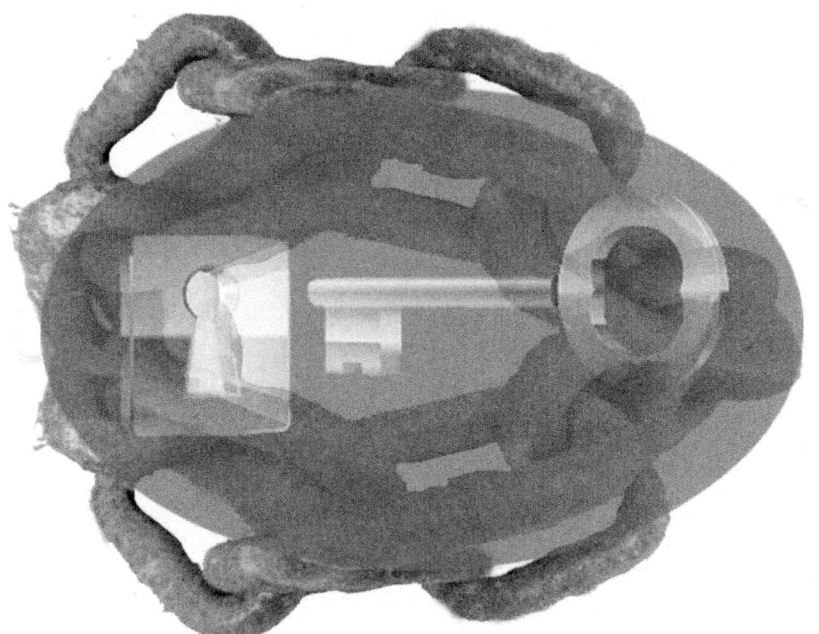

Viviamo la nostra vita in catene senza sapere di avere la chiave

we live our lives in chains and we never even know we have the key
Eagles Alrady Gone

Giulio Credazzi

Proprietà letteraria riservata
©2023 di Giulio Credazzi

Realizzazione editoriale: Giulio Credazzi
Realizzazione grafica: Giulio Credazzi
Stampato in proprio